U0076039

少年陰陽師

しょうねん　おんみょうじ

少年陰陽師 伍拾叁

戀慕之濱

けがれの汀で恋い慕え

「少年陰陽師」出場人物介紹

【京城寢宮】

脩子

內親王，曾因神詔而長住伊勢。年紀雖小，卻是個聰明的公主。

彰子

左大臣道長的大千金，擁有強大靈力，現改名為藤花，服侍脩子。

風音

道反大神的女兒。原與晴明為敵，後來成為昌浩等人的助力，現以侍女「雲居」的身分服侍脩子。

藤原敏次

比昌浩大三歲的陰陽生，是最年輕的陰陽得業生。

【冥府】

冥府官吏

守護三途川的官吏，神出鬼沒。

榎岦齋

安倍晴明的朋友，原是個陰陽師，現在替冥府官吏做事，待在夢殿。

青龍	木將，四鬥將之一，從很久以前就敵視紅蓮。	天空	土將，外貌是個老人，統領十二神將。
六合	沉默寡言的木將，四鬥將之一，非常保護風音。	天后	水將，個性溫和、身段柔軟，隨侍在晴明身旁，照料晴明。
朱雀	與紅蓮同為火將，是天一的戀人。	太裳	土將，個性沉穩，昌浩小的時候，隨侍在成親身旁。
天一	心地善良的土將，朱雀稱她為「天貴」。	白虎	風將，體格魁梧壯碩，有時會採取肉搏戰。

【安倍家】

安倍昌浩

十八歲的半吊子陰陽師。
擁有強大靈力，陰陽師的才能在安倍家也是出類拔萃。
最討厭的話是「那個晴明的孫子!?」

安倍晴明（爺爺）

絕代大陰陽師，是昌浩的祖父。
身上流著天狐的血。
有時會使用離魂術，以二十多歲的模樣出現。

吉昌

昌浩等人的父親，天文博士。

成親

昌浩的大哥，是陰陽博士。
與妻子篤子之間有三個孩子。

露樹

疼愛昌浩等孩子的母親。

昌親

昌浩的二哥，是陰陽寮的天文得業生。

【十二神將】

紅蓮

十二神將中最強、最兇悍的鬥將，又名騰蛇。會變成「小怪」的模樣，跟在昌浩身邊。

小怪（怪物）

昌浩的最佳搭檔，長相可愛，嘴巴卻很毒，態度也很高傲，面臨危機時會展露神將本色。

勾陣

土將，四鬥將之一，通天力量僅次於紅蓮。

太陰

風將，外貌是約六歲的小女孩，但個性、嘴巴都很好強。

玄武

水將，與太陰同樣是小孩子的外貌，但冷靜沉著。

愛也吾夫君，言如此者，吾當縊殺汝所治國民日將千頭。

1

即使有徵兆，也生不下來。

◇　◇　◇

在某個領地，有個女人死了。

她從幾年前起懷孕過好幾次，每次都沒有成形就流掉了。

今晚，她與肚裡的孩子一起斷了氣。

在某個鄉里，有個女人死了。

她每晚作夢都會哭，害怕地說好恐怖，然後大叫追來了，開始狂奔。

最後與肚裡的孩子一起跳下了懸崖。

在某個村子，有個女人死了。
她在河岸滑倒跌入河裡，在河川下游被發現時已經沒有氣息。
孩子也流掉了。

在某間宅院，有個女人死了。
她懷著第一個孩子。
產期將近時，她忽然跌倒，肚子受到撞擊，在痛苦中咽氣了。

在某戶人家，有個女人死了。
她生病後高燒不退、咳嗽不止，最後吐血，香消玉殞了。
肚裡的孩子原本快出生了。

在某個領地、在某個鄉里、在某個村子、在某間宅院、在某戶人家。
在某處。在遙遠的地方。在不遠處。在不知名的地方。在眼前。

總是有女人死去。

女人死了。
即將生下孩子的女人死了。
死了，孩子也生不下來了。

生不下來。生不下來。生不下來。

即使有徵兆——也生不下來。

◇　◇　◇

席捲而來的波浪，發出微弱的聲響。

喧鬧的哈哈哄笑聲在各個角落響起，又被微弱的波浪聲掩沒。
頭披黑色外衣的無數身影排成隊伍，在黑暗中緩緩前進。
沿著滾滾而來的波浪，緩緩、緩緩地前進。
人數在前行間逐漸增加。
頭披黑色外衣的身影，一個接一個加入隊伍，不時有人踉蹌、絆倒。
這時候，會被催促或被強行拉走，繼續在黑暗中前進。
有個身影排在隊伍最後面。
被大大的身影牽著手，身披襤褸的黑色外衣，步履蹣跚地往前走。
響起波浪聲。
冰冷的水花飛濺到什麼都沒穿的光腳背上。
身材嬌小的身影停下腳步，從披頭外衣的縫隙俯視席捲而來的波浪。
忽然，手被拉扯了一下，她抬起藏在披頭外衣裡的頭。
「是——母親，對不起。」
她用渾濁的眼睛看著旁邊的身影，露出笑容。
頭披黑色外衣站在她身旁的身影，對她點點頭。
當她再緩緩邁出步伐時，飛濺到光腳上的水花更多了。

沒多久就變成雙腳浸泡在滾滾波浪中前行了。

水十分冰冷，身體漸漸從腳開始冷起來。

她面無表情地俯視著波浪，微微偏起頭，張開了嘴巴。

「母……母親。」

身旁的鬼瞥了她一眼。

「母親和齋要去哪裡呢？」

她用缺乏朝氣、慢吞吞的聲音詢問，從披頭外衣下傳來含混不清的回答。

「去很深的地方。」

完全失去理智光輝的眼睛，因為得到答案而充滿喜悅。

齋用撒嬌的聲音重複那句話。

「去很深的地方。」

「對，又暗、又冰、又冷的地方。」

不知不覺中，哄笑聲靜止了，只聽見波浪聲和排成隊伍的身影所發出的腳步聲。

「又暗……」

「對。」

「又冰……」

「對。」

「又冷的……地方……」

重複一遍做確認的齋，天真無邪地詢問：

「母親，為什麼要去那裡……？」

鬼的眼睛在披頭外衣下瞇成細縫。

「是很久以前，神這麼決定的。」

齋歪著頭思索。

「神……」

「對。」

抓著白皙小手的手，留著尖銳的指甲。

「神召喚了妳，妳要開心。」

「神……我們的神……」

聽到這句話，鬼在披頭外衣下搖著頭說：

「不，是我祈禱的、我祭祀的、我仰慕的神。」

「是母親的……」

「對。」

又有新的身影加入隊伍。從黑暗中出現一個又一個身披黑色外衣的身影，走進隊伍裡。

有個身影擠到齋和鬼前面。

被推開的齋搖搖晃晃地跪倒在波浪間。

水花四濺。冰冷的水打在齋的臉上，她疑惑地皺起眉頭。

「神……神是……」

神是那樣的存在嗎？

神是存在於那麼暗、那麼冷、那麼冰的地方嗎？

神、齋祈禱的神、母親祈禱的神是那樣嗎？

齋緩緩抬頭仰望身旁的母親。

母親的臉被披頭的黑衣遮住，看不見她溫柔的眼神。

「母親……讓我看看您的臉。」

「站起來，神在等我們。」

「母親。」

「站起來。」

「……」

不知道為什麼，齋突然感到不安，搖搖頭。
鬼在披頭外衣下輕輕嘖嘖咂舌。
齋把手從鬼的手指間抽出來，蜷縮著身體發抖。
「母親……母親，我好冷……」
在水邊一屁股坐下來的齋，腳和衣服下襬都又濕又冷。
這時候，隊伍的人數還是不斷增加，無止境地延長。
忽然，響起叫喚齋的聲音。
「齋。」
聽到熟悉的叫喚聲，齋戰戰兢兢地轉頭看。
「父親……」
一個頭披黑衣的身影，脫離隊伍走向齋。
「齋，妳在這裡啊。」
齋鬆了一口氣。
「父親也在……？」
身影點點頭，從衣服縫隙用異常冰冷的眼神俯視齋，把手伸向她。
如枯木般的手，留著長長的指甲。

「來，站起來，神在等我們。」
齋浮現安心的笑容，抓住那隻手，繼續往前走，她光著的腳和下襬還是一樣濕透了。
「父親。」
「嗯。」
「母親在哪裡？」
「在神那裡。」
回答的聲音沒有抑揚頓挫。
雖然比齋耳熟的聲音更冷、更陰暗，但的確是父親守直的聲音沒錯。
「去神那裡……去母親所在的神那裡……」
在只聽見不絕於耳的波浪聲和無數腳步聲的黑暗中，齋心情浮動地思索著。
啊，對了。
母親來接我時，不是說過了嗎？
齋歸屬於母親、歸屬於母親祈禱的神。
「母親……祈禱的……神……是……」
思緒逐漸散漫。她試圖思考什麼，然而，一想起什麼就馬上被黑霧吞噬。

抓著齋的黑色身影，簡短地回答：

「是嚴靈──」

搖搖晃晃前進的齋，眼皮顫動起來。

「嚴……靈……」

那是神。

勇猛又可怕。

那的確是神。

傳來波浪聲──。

◇　◇　◇

哘哘。哘哘。

哘哘。哘哘。

齋躺在海津見宮東棟的一個房間裡。
她的身體冷得像冰一樣，即使把房間弄暖和、用炭火溫熱過的被子和墊褥把她包起來，也回不到正常體溫。
還有氣息，但是，也一點一點，真的是一點一點地減弱。
魂已經脫離身體，不知道被帶去哪裡了。
蹲在齋枕邊的阿曇掩面哭泣。
「齋小姐……！」
怎麼會變成這樣呢？
她聽從齋的命令，留守在沉睡的守直身邊，目送齋和益荒去做晚間祈禱，那是在傍晚時刻。
然而，到了祈禱結束的時間，齋和益荒都沒有回來。
自從父親守直沉睡不醒後，除了早晚的祈禱外，齋都陪伴在守直枕邊。
祈禱結束會馬上回來，而且睡覺時也把墊褥鋪在與這個房間並排的房間裡。
起初齋打算不睡覺就這樣陪在枕邊，但神使們勸她說在她休息時，一定會有一個神使寸步不離地守著守直，稍微有點變化就馬上通知她。

她才勉勉強強答應。

可見她是多麼不願意離開父親身旁。

阿曇明顯感覺到不尋常，但畢竟是齋的命令，她也不好扔下守直一個人，心中煩悶不已。

這時候，板著一張臉的度會潮彌出現了。

潮彌滿臉不悅地告訴阿曇，度會禎壬聽說守直沉睡不醒，所以叫他來看看狀況。阿曇就把現場交給他，趕往了祭殿大廳。

她當然沒忘記威脅他說，如果敢對守直亂來，小心沒命。

曾經是阿曇手下敗將的潮彌，被兇狠的眼神一瞪，臉色發白，猛點頭。

祭殿大廳空無一人。阿曇察覺拍打著三柱鳥居的波浪格外洶湧，從鳥居底下沖上來的風也充滿陰氣，她還來不及思考就採取了行動。

聳立在離三柱鳥居非常遙遠下方的地御柱，是國之常立神的實體，支撐著這個國家大地的所有一切。

聳立著巨大地御柱的地方，總是盈溢著清靜的風。原因無他，就是玉依公主經常恭請神威降臨。

但是，阿曇跳下來時，那個地方卻飄著異常濃密的大量陰氣。

在令人毛骨悚然的靜寂中，她發現昏倒的益荒，以及躺在地御柱後面的齋。

阿曇背著齋、拖著益荒離開了現場。若能冷靜思考，她應該會拋下益荒，先把齋帶走。但是，當時的她強烈覺得不能把益荒扔在那裡。

地御柱的氣已經完全枯竭，神威也不見了，那裡充斥著滿滿的陰氣。

性質與平時靜謐全然不同的靜寂，令人不寒而慄。

當阿曇跳向三柱鳥居時，彷彿聽見背後響起拍翅般的聲音，但她沒有回頭確認。

就在她帶著齋和益荒降落在祭殿大廳的同時，水灌進了鳥居內。

三柱鳥居瞬間被波浪吞沒，阻斷了通往地御柱的道路。

那是天御中主神的處置，以防濃密的陰氣沖上來。

阿曇看到那樣的處置，不禁打了個寒顫。如果把益荒扔在那裡，就再也不能把他撈上來了。

益荒和齋都冷得像冰一樣，完全感覺不到生氣，處於勉強活著的狀態。

即便如此，身為神使的益荒也還好。把他從地御柱所在的地方帶到祭殿大廳沒多久，他就微微呻吟，張開了眼睛。

阿曇把益荒留在祭殿大廳，把齋帶回與守直房間並排的房間。因為她想齋即使沒有意識，一定也希望能守在父親身旁。

潮彌看到阿曇帶著齋回來，似乎察覺發生了什麼不尋常的大事，匆忙離開了，應該是去向住在中棟的禎壬等人報告異狀。

阿曇懊惱地蹙起眉頭。

因為她現在完全沒有餘力應付度會那群人。

「齋小姐，發生什麼事了？怎麼會這樣……」

當她鐵青著臉喃喃低語時，後面發出了聲響。

她赫然轉頭，看到面如死灰的益荒，倚靠著柱子站在那裡。

「益荒，你……」

益荒以手勢制止正要站起來的阿曇，踩著凌亂的步伐走到齋的枕邊，單腳跪下。

看到益荒滿臉的沮喪懊惱，阿曇不由得開口說：

「發生了什麼事？齋有你陪著，怎麼還會變成這樣……！」

「我萬萬沒想到會發生那種事……不……」

益荒搖搖頭，改變了說法。

「是我的失態，我讓齋小姐輕易落入了敵人之手。」

握緊拳頭的益荒，痛苦地呻吟。

「公主……在那裡。」

阿曇眨了眨眼睛。

「公主……？」

喃喃重複的阿曇倒抽一口氣。

是可以讓益荒露出破綻，把齋從益荒身旁帶走的人。

「玉依公主嗎……？」

阿曇抱著不可能的心態詢問，益荒卻露出痛苦的眼神點著頭。

「當然……齋應該比我更清楚，那不是真的玉依公主，但是……」

現場充斥著陰氣，還有不知從哪來的飛來飛去的無數黑虫的拍翅聲。齋一定是被那些東西攪亂了心情，失去了平時抱持的警戒心。

否則，在正常的精神狀態下，齋一定能把持住自己，知道在死亡的同時化為光芒消失的玉依公主，不可能出現在地御柱現場。

聽完益荒的話，阿曇陷入沉思，緩緩地搖搖頭說：

「不……或許不純粹是因為那樣。」

「什麼？」

阿曇看著沉睡中的齋，對詫異的益荒說：

「齋小姐一直很羨慕守直作的夢，羨慕守直能見到玉依公主……」

益荒不在房間時，齋曾喃喃說過一句話。

——我也想見到玉依公主……

看到沉睡不醒的守直露出幸福的表情，齋落寞地輕聲說道：「他一定是夢見了玉依公主。」

直到臨死的瞬間都沒看齋一眼的玉依公主，心中確實有齋的存在，雖然沒有回頭看齋就消失不見了，卻仍是齋最愛的母親。

父親陷入原因不明的沉睡中，讓齋非常擔心，越來越發孤單。她的心情默默動盪著，生怕父親就那樣醒不來了。

「原來齋小姐……那麼……」

那麼羨慕、妒忌父親。那麼、那麼想再見母親一面。希望能再見一面、再見一面，一面就好。

想得幾乎瘋狂。因為愛、因為思慕，那份感情又深又強、又悲哀。

阿曇咬著下唇說：「那份悲戚的感情被利用了。」

周遭陷入陰鬱的沉默裡。

沉睡的齋如死人般，肌膚毫無生氣，臉上的笑容卻無比幸福、天真無邪。

益荒看著她令人憐惜、令人心痛的表情好一會兒後，慢慢地站起來。
「益荒？」
搖晃著轉過身去的益荒，手抵在牆上撐住身體往前走。
「你要丟下齋小姐去哪？」
阿曇語帶責備，神使益荒回頭看她一眼，激動地說：
「去京城。」
「京城……」
阿曇驚訝地瞪大眼睛。
益荒對猜到他要做什麼的阿曇點點頭，握緊拳頭說：
「很遺憾，我們沒有辦法救齋小姐。既然這樣，只能求助於陰陽師。」
四年前，安倍家的陰陽師們曾幫齋解除詛咒、袚除覆蓋地御柱的邪念。
他們應該有辦法救齋。
「齋小姐交給妳了。」
把齋委託給唯一的同袍後，益荒離開了海津見宮。
他搭乘小船操控波浪，從海津島前往伊勢水邊。
神氣幾乎都被那些黑虫奪走了，現在是齋被奪走的懊惱悔恨與無論如何都要奪回齋的決心，支撐著益荒的行動。

神氣的風改變海水的流動，把小船推向伊勢。

雷鳴轟隆作響，紅色的閃電劃過布滿天空的烏雲。

忽然，大粒水滴落在益荒臉上。

他抬頭看，好幾滴大大的雨水落下來，很快轉為強烈的雷雨。

雨水如痛擊般落在身上，益荒猛然打了個寒顫，全身起雞皮疙瘩，背脊一陣冰涼。

「這雨是……」

益荒的心臟加速跳動。

彷彿有冰冷的東西從遙遠的水底爬上來。

可怕的光景浮現在益荒的腦海。在遍布全國各個角落的地脈游來游去的金色地龍，開始發狂了。

那裡的濃密陰氣讓地御柱的氣枯竭了。氣枯竭就會形成污穢，以駭人的速度沿著龍脈擴散到全國。

一定是地上的污穢殃及天上，因此降下了這場雨。

氣枯竭，會形成污穢。污穢的雨將會落在全國所有地方。

益荒毛骨悚然。

齋不醒來、不祈禱，地御柱的氣就會繼續枯竭，地龍就會暴走。

「不會吧……」

莫非奪走齋的心的那些人，就是這個目的——？

◆　◆　◆

2

在黑暗中席捲而來的波浪聲不絕於耳。

沿著水邊向前走，沒多久就會到達夢殿與黃泉之間的狹縫。

那裡的水底深處，有不停飄落堆積、凝結的黑暗。

經過不知多久的漫長時間，靜靜地、悄悄地飄落堆積、沉澱的黑暗。

這裡是從地底深處鑽出來的東西們的殿堂。

它們利用波浪、利用沉滯，隱藏通往被稱為黃泉之國的道路，焦急地等待前往的時機。

「還差太遠，還不夠……」

宛如鳥鳴般美得驚悚的恐怖聲音，落在波間。

身披黑衣的隊伍，沿著冒起白色水泡的水邊無限延伸，模模糊糊地映在瀠瀠搖曳的水面上。

站在水上的女人，歪著頭，愁眉苦臉。

「不夠、不夠、不夠啊。」

女人的語氣聽起來非常困擾，身披黑衣的智鋪祭司問她：

「日狹女大人，到底是什麼不夠……？」

泉津日狹女看著祭司，嘆口氣說：

「頭不夠，離千個還很遠。」

日狹女露出打從心底感到憂慮的表情，吐出冷冷的一口氣。

祭司苦笑著說：

「才剛剛開始呢，很快就會一天千頭了。」

「好慢、太慢了，這樣下去，會讓主人等更久……」

更何況，在這之前已經耗費了難以估計的漫長歲月，不能再耗下去了。

祭司又接著安慰日狹女說：

「請您再稍微忍耐一下，只要再發動一波攻勢，多剷除一些那邊的棋子……」

「我知道。」

日狹女打斷祭司的話，眨眨眼，露出了微笑。

「不用擔心喔，陰陽師。」

「──」

與黑暗融為一體的黑色披頭外衣微微震顫。

泉津日狹女踩著舞蹈般的步伐走過去，揮掉了那件披頭外衣。

看起來更像兇神惡煞的安倍成親，面無表情地俯視把臉湊過來的女人。

面對如冰刃般銳利的視線，泉津日狹女露出惡毒的笑容，宛如在黑暗中綻放的花朵。

「你心愛的那些人，不會被算進千頭裡，以前不會，將來也不會。」

成親緘默不語。

日狹女用雙手碰觸成親的雙頰。

「但是──陰陽師，我要問你一件事。」

女人雙手的大拇指，從成親的雙眼旁輕輕撫過。

「為什麼沒殺了他？」

智鋪祭司細瞇起眼睛，瞥來冷冷的一眼。

女人用手指彈動成親的睫毛。纖細的手指前端，留著長長的指甲，眼睛被戳到會馬上瞎掉。

「那個討厭的陰陽師、安倍晴明的繼承人。」

日狹女如唱歌般說著，把臉更湊近成親。那張美得驚悚的臉，已經逼近到吐氣都吐在成親臉上了，但成親依然無動於衷。

「為什麼放走他？你忘了我叫你殺了他嗎？」

女人的眼睛閃爍著妖豔的光芒。

成親說：

「犯不著殺他——」

語氣淡然。

「我已經毀了他，他再也振作不起來了。」

「可是，他是安倍晴明的繼承人吧？會那樣就毀了嗎？」

「毀了，因為是我才能毀了他。」

「哦？」

女人的視線直逼成親的眼眸。

泉津日狹女是死亡污穢的具體呈現。污穢能透視到心底深處。

但是，成親依然不為所動。

「我才是安倍晴明的繼承人，他與我正面對決，只會毀了自己。」

說完，又像事不關己似地，冷冷補充說只會毀了他的意志和心靈。

「原來如此……」

女人在喉嚨深處竊笑，又用纖細的手指撫摸成親的嘴唇。

「我獻身給你，作為獎勵吧？」

這時成親才明顯露出厭惡的表情。

「我拒絕。」

「哦？」

「我認識比妳漂亮的女人。」

成親扭動身體，試圖與日狹女拉開距離，但是，她又纏上來了。

「比我漂亮？」

又被稱為黃泉醜女的女人，以堪稱驚世絕俗的壓倒性美貌逼向成親。

為什麼這樣的美貌會被稱為醜女呢？

是與什麼作比較而被判定為醜呢？

不用說也知道。

在崇拜的神面前，無論怎麼樣的美貌都是醜吧？

所以，被稱為醜女，比黃泉之神醜的女人。

「走開。」

成親又冷冷地重複一次。
「走開，我不要她之外的女人。」
「……」
沉默的智鋪祭司的臉越來越難看，成親不理他，隨手推開了日狹女。
這次泉津日狹女任憑他推開，覺得很有趣似地，笑著退走了。
「這樣啊，我想也是，當然是這樣，所以你才會加入我們。」
女人往回走，倚靠著表情兇惡的祭司，把手繞到他的脖子上。
「放心吧，陰陽師，我們會放過所有你心愛的人。」
「——」
成親默默瞇起眼睛，猛然轉過身去。
「你要去哪兒？」
「去人界。」
「去做什麼？」
祭司緊接著問，成親不耐煩地回他說：
「去把通往黃泉磐石的道路藏起來。」
神祓眾們可能正在尋找把黃泉之風送到人間的途徑。

隨風進入人界的黃泉之鬼們，正乘著風散布到全國各處。然後，把陰氣散播到全國各處，招來死亡。

這一切都是為了實現非常、非常遙遠的那一天的咒語。

身披外衣的成親降落人界。

私底下，成親把黑暗凝結得更為黑暗的底部稱為沉滯之殿。

待在那裡，會覺得身、心都變得污穢，無法呼吸，他卻可以呼吸。

與黃泉相連的那個地方陰氣瀰漫，破破爛爛的黑衣就是用來避開陰氣的。

也可以用來遮蔽氣息，不讓任何人發現自己。

烏雲密布的天空，彷彿沉沉壓著這個世界。

「我不要其他人……」

他遙望的是東方。

那天決定從家人面前消失的事，浮現腦海。

預言一直折磨著妻子。

那個可怕的女人，帶著宣告預言的妖怪，出現在成親面前。
女人說加入我們吧。

——以此骸骨為礎石，將會打開許久未開的門吧……

◇　◇　◇

件是人臉牛身的妖怪。
件會宣告預言。
帶著件的美貌女人，與件站在水面上，嚴肅地開口說：
「你所愛的人們，都被這個預言困住了。」
女人用美麗的聲音，如唱歌般對倒抽一口氣的成親說：
「你是陰陽師，應該知道件的預言無不靈驗。你所愛的人們，將如件所預言，化為骸骨，成為礎石。」
說完，女人忽然跨出了步伐。

黑色水面掀起波紋，一圈又一圈向外擴散。
「但是，陰陽師呀，件的預言可隨我意，逃脫預言也可隨我意。」
女人逼近到木然呆立的成親眼前，笑著說：
「加入我們吧……」
女人把白皙的手指伸到瞠目結舌的成親的咽喉處，眯起了眼睛。
「繼承安倍晴明血脈的陰陽師。」
女人又把話重複了一遍。

陰陽師，
加入我們吧。
這樣就能逃脫件的預言、逃脫古老的咒語。
我們可以放過你所愛的人——。

古老的咒語究竟意味著什麼？

在察覺女人身分的同時，也想到意味著什麼的成親，不寒而慄。

『愛也吾夫君，言如此者，吾當縊殺汝所治國民日將千頭。』

他想到在京城蔓延的疾病。

想到至今發生的種種事、引發的災難。

樹木枯萎、氣枯竭、污穢瀰漫。

污穢化為陰氣，在陰到極致時，就會招來死亡。

全國將充斥著死亡。

究竟是誰、為什麼、從何時開始、為了什麼這麼做？

然後，他想通了，原來是這樣啊。

女人給他一天的時間考慮。

於是成親選擇離開家人。

◇　◇　◇

水滴啪答掉下來。

他皺眉抬起頭，看到大大的雨滴掉下來。

「是雨……」

從覆蓋整個天空的烏雲降下來的雨，轉瞬間變得很強烈。

每次淋到雨水，成親的肌膚就發冷，感覺冷到了心裡面。

啊，這不是普通的雨。

「是污穢的雨……」

這樣下去，全國會充滿陰氣，降下更多的死亡。

強烈的雨會使勉強倖存的植物枯萎，導致氣的枯竭，形成污穢。

污穢會殃及天上，變成更嚴重的污穢降落地面。

經過幾年、幾十年、幾百年。

不，這個花費幾千年時間縝密謀劃的策略、咒語，說不定就快達到目的了。

心愛的人們的臉龐，會不時閃過腦海。

他又想起小弟愕然的表情、椎心泣血的悲痛吶喊。

當時，可以聽見骨頭在被他擰起的肌肉和筋絡下碎裂的聲響，也能清楚感受到那個觸感。

他聽著弟弟混亂的心跳、急促的呼吸、肌肉與筋絡發出的慘叫聲。

還以為自己會痛徹心扉，沒想到心情出乎意料地平靜。

身為陰陽師，這是值得高興的事，但是，身為人，連他自己都覺得不太好。

但是，他絲毫不後悔。

或許，在他下定決心後，身為人的思維就凍結了。他不得不這麼做。

這件事他也不後悔，因為這是他思考後自己做的選擇。

道路確實是他人給的指示，但是，他並沒有被強迫、被推著走。

即使選擇其他道路，那個女人恐怕也只會笑笑就消失了。

離開家人，一個人待在這裡，是成親自己的決定。

即便如此，他還是會在不覺中遙望東方，思念那片天空下的人們。

因此，雖然不會悲傷、不會痛苦、不會寂寞，但內心深處還是會有些許騷動。

望著東方時，騷動就會平靜下來。

他並沒有去探索是怎麼樣的騷動。

「……」

成親砰砰拍打胸口附近。

離家時，他瞞著妻子借用了一樣東西。他想妻子若是發現，一定會生氣，所以先道歉了。

平時妻子都把那樣東西藏著，所以，發現不見的機會不大。

希望她從頭到尾都不會發現，要是發現了，她一定會生氣。

遺憾的是看不到她生氣的臉。

成親可以歷歷在目地想起她生氣的臉、裝沒事的臉、鬧彆扭的臉、煩惱的臉、嘆氣的臉、慌張的臉。

其中，笑臉是最漂亮的，勝過任何一張臉，但是，成親沒有告訴過她。

沒辦法。因為剛認識時，她經常都擺著一張臭臉，直到很久以後，才看到她的笑臉。

現在，面對成親的也大多是生氣的臉。雖然大半是刻意裝出來的，但是不算那大半，好像還是有點多。

然而，成親並不在意。

如果她是那種只會默默坐著，要有人穿針引線才能對話的深閨千金，成親就不會想娶她為妻了。

他還是喜歡活力十足的她、表情變來變去的她、聲音洪亮的她。

只要她活著就行了。

「好了……」

成親甩甩頭，屏住呼吸。

為了把黃泉之風招來現世，他在這座生人勿近山鑿穿了通路。

雖然藏得很隱密，但如果神祓眾的陰陽師全部出動搜尋，恐怕不久就會被發現。

成親沒有直接跟神祓眾接觸過，但是親身體驗過昌浩成長的幅度，所以大約可以推斷他們的能耐。

結論是很可怕。可能的話，希望可以盡量避免與他們正面對決。

「──」

成親猛然屏住了氣息。

感覺空氣產生了變化。

雨不知何時停了。

「不對……」

不是停了，是被阻斷了。

被結界阻斷了。

他磨亮聽覺，集中全副精神。

一片寂然，沒有風，沒有聲音。

微弱的衣服摩擦聲掠過耳際。

身體的反應快過思考。

他往旁邊一跳，邊翻滾邊抛出視線，眼角餘光掃到一個黑僧衣的身影，描繪出一道銀白色的軌跡。

沒多久，劃破半空的聲響震動耳膜，讓他背脊發涼。

再晚半個瞬間，他的頭就飛了。

他勉強重整姿勢，鎮住逐漸加快的呼吸。

一劍揮空的男人，露出淒絕的笑容。

「喲，閃過了啊。」

容貌精悍的男人，留著近似烏黑的短髮，身穿黑色僧衣。

成親的心跳加速。

「第一次見到您——」

關於他的事，成親聽過很多次，這是第一次見到他本人。

聽說他個子很高，果然能與十二神將騰蛇匹敵。

這個男人是冥府的官吏，沒有抬頭轉世，放棄當人，變成了鬼。
「我不會饒你不死，但是，你若有遺言可以告訴我。」
成親全身顫抖，卻還是咧嘴一笑。
他知道冥官為什麼會出現在他面前。
冥官冷眼睥睨著成親。
「誤入歧途的陰陽師，獵殺你這種外道，也是我的職責。」
冥官會使喚陰陽師，偶爾也會獵殺陰陽師。
因為陰陽師會使用普通人不會使用的法術，所以人類力不能及。
他也會命令能幹的陰陽師替他進行獵殺，但有時對方的本事更強，反而會被殺。
而安倍成親擁有過人的本領，半吊子的陰陽師絕對贏不了他。
成親悄悄環視周遭。
「結界……」
冥官眯起眼睛說：
「沒錯，因為被黃泉之鬼看到就麻煩了。」
從他的語氣聽得出來他是打從心底覺得很麻煩。
「聲音也進不來。」

「是的。」

成親默默滑動視線，發現結界的範圍很廣，要甩掉眼前的鬼突破重圍，恐怕有點難度，不，是非常困難。

祖父曾透露鬥不過某位仁兄，說的就是這位冥官。

成親原本以為，被歸類於非人魔界的祖父，再怎麼樣、無論如何應該都能憑一己之力，想出什麼辦法、使出什麼本事擊敗冥官。現在見到本人，才知道祖父說的話完全正確。

冥官舉起手上的雙面刃，擺好架式。

「放心吧，我會把你的下場告知你的親人。」

「不，不用。」

成親結印。

「嗡！」

升高到極限的靈力爆發。

揚起的沙塵瞬間模糊了冥官的視野，成親趁機一舉闖入冥官的攻防範圍。

他想，與其逃走被追殺，還不如發動攻擊，找出破口。

但是，這個舉動完全被識破了。

冥官敏捷翻身，把收回來的劍尖對準成親的要害。

披頭外衣裂開，切掉脖子一層皮的雙面刃從視野消失。

當他感覺劍壓從下方襲來時，立刻往後跳。

冥官縮短攻防距離，發光的雙眸盯住成親的心臟。

「唔……！」

成親閃避不及。

鮮血四濺。

◇　◇　◇

紅色鮮血沿著劍尖滴落地面。

血跡如撒出去的紅色花瓣，散落周遭一帶。

忽然，風產生歪斜，被築起的結界如泡沫爆開般，碎裂消失了。

同時，激烈的雨打在冥官身上。

無數的血跡轉瞬間被雨沖刷乾淨，看不見了。

男人把劍收回劍鞘。

這時候，吹起一陣風，出現次元洞穴，把冥官包在裡面。

「官吏大人——」

是面無血色的岦齋，開啟了連結人界與夢殿的通路。

被雨淋得濕透的冥官，沒好氣地看著他說：

「幹嘛？」

「您……殺了他嗎……？」

岦齋有所顧忌地詢問，冥府官吏臭著臉低聲咒罵：

「就差臨門一腳，被他逃了。」

然後又懊惱地追加一句：

「安倍晴明的親族，性格都很差。」

冥官的眼神充滿怒氣，咬牙切齒地說明明把他逼到了絕境，竟然沒能給他致命的一擊。

岦齋的表情就像被痛宰的是自己。

「哇……」

被這個冥官逼到絕境，竟還能活著逃走？太厲害了。

不由得感到佩服的岦齋，察覺到冥官冰冷的視線，趕緊搖搖頭。

「什麼事——」

被瞪視的岦齋，挺直了背脊。

「這樣下去，這場雨不會停。」

「我想也是。」

聽到冥官的回應，岦齋臉色發白，接著說：

「必須把被抓去黃泉的玉依公主救回來，否則地御柱會毀損。」

「我想也是。」

岦齋感覺到冥官缺乏抑揚頓挫的語氣，是在說明事情的嚴重性。

「若能獻出祭品，起碼可以止住這場雨……」

冥府官吏喃喃自語。他所說的祭品，當然是指落跑的成親。

厚厚的雲層覆蓋著人界，這也是黃泉的陰謀之一。

雲會遮蔽陽光，阻絕陽氣。

從受到地面污穢影響的雲朵降下來的雨，是陰氣的凝聚體。

支撐著大地的地御柱的氣，完全枯竭了。跑遍全國的地龍，也即將發狂。到現在還沒發生地震，是因為氣正在枯竭，連引發地震的力氣都被黑虫奪走了。

這樣下去，沒多久連地龍都會消失。地龍是大地的氣息，氣息終止，大地上的許多生物都將滅絕。

死亡將充斥大地。

要把氣還給地御柱，需要玉依公主的祈禱。

「喪葬隊伍呢？」

岦齋回覆冥官的簡短詢問：

「正往黃泉前進，人數還在增加中。」

「那麼，陰陽師，」冥官的眼神更為犀利了，「無論以什麼作為交換、無論付出怎麼樣的犧牲，都要救回玉依公主。」

岦齋只眨了一下眼睛。

「遵命。」

這麼回應的岦齋深深一鞠躬。

冥官的冰冷聲音，飛向了遲遲沒抬起頭的岦齋。

「你在做什麼？還不趕快去！」

岦齋緩緩抬起頭，莞爾一笑說：

「是……您還是很會使喚人呢，官吏大人……」

邊嘀咕邊披上黑僧衣的岦齋，旋然轉身，離開了那裡。

斜眼目送岦齋離去的冥官，瞪視著天空，露出再嚴峻不過的表情。

情況十分危急。這樣下去，古老的咒語真的很快就會成真。

現在全國的孩子都生不下來。好不容易生下來的孩子，不是幾個月後生病死亡，就是身體非常虛弱。

每個人都覺得那樣的孩子活不久，卻絕口不提。

應該出生卻沒被生下來的嬰兒的靈魂，無處可去，到處徘徊。

有的比較幸運，能再投胎轉世。有的會在徘徊中，被惡鬼抓去吃。有的會被妖魔玩弄，魂飛魄散。

回收原本不該消失的靈魂，也是冥官的任務之一。

冥官的周遭有閃閃爍爍的微弱光芒在跳躍，那些是沒有被生下來的嬰兒的靈魂，以及前往即將被生下來的宿體之前的靈魂。

兩者的立場完全相反，卻都綻放著同樣的光芒。

靈魂所綻放的宛如螢火蟲之火的光芒，會在冥官的周遭嬉戲一陣子，再慢慢離開。

其中，也有人哭喊著為什麼會這樣。那是原本期待被生出的嬰兒，以哪天終會長成的幼兒模樣出現，潸然淚下。

或是哭著懇求，讓自己再一次回到那對父母身邊。

說自己想成為那兩人的孩子、說自己想生為那個家的孩子。

但是，無論他們怎麼哭，都打動不了冥官。他只會淡淡地曉以大義，或是在心血來潮時安慰他們，讓他們搭上渡過境界河川的船，送他們去下一世。

正要轉身離去的冥官，眼角餘光掃到一個纏繞著螢火的幼兒。

被螢火般的淡淡光芒包住的幼兒，難得沒有哭。但是，他用淚水盈眶的悲哀眼眸注視著冥官。

冥官才剛開始思索那是誰，幼兒就張開了顫抖的嘴唇。

『求求您……』

那是非常纖弱悲痛的聲音。

◇　◇　◇

從勉強撬開的路，逃出冥官追擊的成親，逐一確認全身的無數劍傷，數到一半就放棄了。

大量出血讓他連站著都很困難。

「還以為死定了……」

他喘口氣，無力地跪下來。

那就是冥府的官吏，可怕的程度與毫不留情果然名不虛傳。

氣喘吁吁的成親，拚命忍住湧上來的笑。

他傷痕累累，鮮血淋漓。祭司給他的披頭黑衣被砍得破破爛爛，所以被他丟在人界了。

「……」

他在嘴裡默唸止痛的咒語。原本懷疑在靠近黃泉的地方，咒語是否有效，沒想到疼痛真的稍微減輕了。

在黃泉，任何咒語、祝詞、神咒都會失效，因為得不到天津神的庇護，也得不到國津神的助力。

這個沉滯之殿，只是靠近黃泉，還不是黃泉，所以能使用咒語。

總算把血止住，成親深深喘了一口氣。

忽然，有個身影降落在身旁。

儘管猜得到是誰，成親還是移動了視線確認是誰。

與他四目相接的智鋪祭司，正以冷冷的目光俯視著他。

3

◇　◇　◇

下雨。

打雷。

然後。

帶來咒語。

在某個領地，有個老人死了。

被從沒見過的黑虫包圍、覆蓋。
虫離開後，只剩下骨頭。

在某個鄉里，有個男人死了。
他聽見美麗的歌聲，就像發燒燒昏頭似地，跌跌撞撞地走進山裡。
隔天早晨變成了冰冷的屍體。

在某個村子，有個孩子死了。
他說聞到什麼很甜的味道，就走進了平時遊玩的森林。
被發現時全身乾癟。

在某個宅院，有個女孩死了。
她不停地說聽見水從哪裡滴下來的聲音。
最後溺死在根本沒有水池的庭院。

在某戶人家，有個嬰兒死了。

經過難產好不容易生下來的嬰兒，死在母親昏昏沉沉打盹的極短暫時間。
被非人之手勒死。

吹起黃泉之風。
陰氣充斥全國。

下雨。
嚴靈逼近。

然後。
死亡——來臨。

◇　◇　◇

聽到微弱的腳步聲，十二神將朱雀在抬起眼皮的同時，無意識地握住了放在身旁的大劍的劍柄。

看到是大蜈蚣正盡力保持安靜，從靠近他的地方走過去，他才鬆懈下來。

「哎呀，原來是蜈蚣啊。」

『哎呀什麼，真沒禮貌。』

看到坐在瑞碧之湖旁打盹的神將，蜈蚣盡可能保持安靜地走過去，但根本是白費心思。

「抱歉、抱歉，不小心睡著了。」

充滿這個道反聖域的道反大神神氣，是以大磐石為本體的神散放出來的大地波動，無限強大、深沉、遼闊、莊嚴肅靜、雄偉。

朱雀邊感受那樣的神氣邊眺望水面，眼皮就不知不覺闔上了。

他搜尋沉入瑞碧之湖的同袍，看到在水底漂蕩的茶褐色頭髮。

六合的神氣被連根祓除，失去了意識。朱雀拖著他來到道反聖域時，出來迎接的道反女巫大為震驚。

朱雀說明原委，請她讓六合在這裡休養到復原，她一口答應了。

道反女巫是一口答應了，但是，守護這裡的三隻守護妖並不是那樣。

它們露出很難說是一口答應的不快表情，冷眼看著朱雀與靠在朱雀肩上的六合。

冷眼還算是客氣的形容，說白了，就是扎刺、射擊般的視線。

那樣看著他們好一會兒的守護妖們，被女巫責罵還不趕快行動，才百般不情願地互看一眼，轉身催促朱雀快帶著「那東西」跟它們走。

朱雀瞥一眼失去意識而緊閉雙眼的同袍。

心想，你被它們稱為「那東西」呢，這樣沒問題嗎？

怎麼可能沒問題，但是，在這個時候討論這個問題也不會有結果，所以朱雀決定以後再說，畢竟凡事都有優先順序。

守護妖們帶朱雀去的地方是被稱為瑞碧之湖的湖。

這個湖能治癒身體的傷勢、疾病，但是，並不能用來補充神氣。

正要開口這麼說的朱雀，看到守護妖們兇狠的眼神，就把想要說的話都嚥回去了。

大蜥蜴說把那東西放進水裡吧，大蜈蚣回應了。

——不，拋進水裡、用力拋，像打落水裡那樣剛剛好。

大蜘蛛插嘴了。

——乾脆埋進水裡，讓那東西再也出不來。

大蜥蜴萬分佩服地回應了。

——原來如此，正是永遠消滅那東西的好機會。

朱雀眨個眼，瞥了同袍一眼。

哎呀，看來……是我思慮不周，對不起。

他在心裡暗自道歉，把六合小心地沉入水裡。

雖然瑞碧之湖本身沒有讓神氣復原的力量，但充滿道反聖域的神的氣息。

把六合沉在湖裡，能避開守護妖們的視線，或許會比較安全。

女巫說要為朱雀在主殿準備房間，朱雀也鄭重婉拒了，因為他要待在湖邊等同袍醒來。

如果偶爾來看情況的守護妖們，看著六合的眼神沒那麼兇狠，朱雀就會接受女巫的好意，借個房間休息。

大蜈蚣用毫不掩飾厭惡的語氣說：

『還沒醒來啊？好虛弱。』

朱雀知道反駁它說那與虛弱無關也沒意義，所以不去碰觸這個話題，只回說：

「他消耗得很嚴重，可能還需要幾天。」

『什麼？還要那麼久啊，越來越不能容忍了。』

朱雀想問不能容忍什麼？但話到嘴邊就嚥回去了。

只能在心裡默默祝福同袍的未來。

同時，朱雀想起留在京城主人身旁的最愛戀人。相隔兩地，更是思念。

低頭緊盯著湖底的大蜈蚣，突然想起什麼似地，窸窸窣窣地晃動好幾對的腳。

『喔，對了，女巫在找你呢。』

「女巫嗎？」

眨著眼睛的朱雀，瞥一眼沉在水裡的六合，再把視線轉向大蜈蚣說：

「可以請你帶我去女巫那裡嗎？這個聖域太大，我還不熟。」

言外之意，就是「不知道地方必須花時間找，會讓女巫等太久」，大蜈蚣只好嘆口氣說：

『沒辦法，跟我來吧。』

大蜈蚣轉動又長又大的身軀，踩響無數隻腳，跨出了步伐，朱雀跟著它一起離開了瑞碧之湖。

朱雀會來這個聖域，除了幫六合恢復神氣外，還有另一個理由。
那就是來索取能彌補昌浩靈視能力的勾玉。
這個勾玉是用出雲才有的玉石做成，再注入道反大神的神氣。以前女巫所賜的那個，因為不堪法術的負荷而碎裂了。
太陰的風來通報說，碎裂的碎片擺在已經滅亡的柊眾的宅院。
太陰帶著昌浩一行人，從柊眾的鄉里去了播磨的菅生鄉。因為昌浩他們消耗得太嚴重，所以，必須去可以放心的安全場所休息。
想到這裡，朱雀露出苦澀的表情。
現在，對昌浩和太陰來說，可以放心的安全場所是菅生鄉。
而不是安倍晴明所在的京城。
這件事令人懊惱、悲哀，因為他們這樣的判斷，顯示晴明已經垂垂老矣。
朱雀想回到天一身旁，但同時也想回到晴明身旁。
分隔兩地，更加深了他對主人的思念。

道反女巫在聳立於聖域最深處的千引磐前等著他。

「女巫啊。」

聽到朱雀的叫喚，女巫優雅地轉過身來。

雖然面貌酷似風音，但是，女巫的神聖莊嚴更顯得超世絕俗。應該是成為神之妻後，在漫長的歲月中培養出來的。

「這是給昌浩大人的勾玉。」

道反女巫在大磐石前把放在白布上的勾玉遞給朱雀，盈盈一笑。

「聽說昌浩大人經過非常嚴格的修行，現在擁有非凡的實力。」

「應該是，具體情況說來話長，我就不多說了。」

朱雀率直的口吻，讓女巫笑得更開了。

「這個勾玉也加工過，注入了大神的力量，應該可以幫上昌浩大人的忙。」

連同布一起收下勾玉的朱雀，端詳用青石做成的勾玉。他看到脈動的勾玉中心，閃爍著可以說是神氣核心的光輝。

力量的強大與深厚超越想像。以前的昌浩可能會被這股力量拖著走，但現在的他應該能操縱自如。

「我替主人安倍晴明向您道謝。」

「也請幫我轉達晴明大人，千萬保重身體。」
「是。」
朱雀把勾玉小心地收進懷裡，對女巫鞠躬行禮。
「你要馬上出發嗎？」
朱雀抬起頭，眉開眼笑地說：
「她一直在等我，我必須回去了。」
他沒有特別說出是誰，因為這樣女巫就明白了。
「如果六合也像你這麼愛說話，那孩子就能少吃一點苦了。」
這應該是女巫不由得脫口而出的真心話。朱雀苦笑著說：
「不，即使六合愛說話，守護妖們也不可能閉嘴……」
換女巫苦笑起來，搖搖頭，露出受不了的表情說真拿它們沒轍。
「不好意思，我要把六合留在這裡。等他醒來，請叫他回京城。」
「好的，他應該再過不久就會醒了。」
然後，女巫移動視線叫喚：
「嚴。」
與磐石融為一體隱藏起來的大蜘蛛，忽然現身了。

『是，在。』

「你送他到隧道，然後去看看人界的狀況。」

『遵命。』

大蜘蛛靈活地彎下八隻腳，向女巫行個禮，轉過身去。

『跟我來，神將。』

朱雀感恩地接受女巫的好意，跟在大蜘蛛後面離開。

聖域很大，在這裡住一段時間後，更覺得真的很大。他知道堵住黃泉出口的千引磐、主殿、正殿、瑞碧之湖等等的大約位置，但是，隔開聖域與人界的千引磐，離聖域中心非常遠。

走沒多久就能看到隔開人界與聖域的千引磐，但距離還很遠。

「對了。」

朱雀打開話匣子，大蜘蛛把眼睛轉向了他。

「你們跟九流族有互相聯絡吧？」

『他們頂多每隔一個月或兩個月來露個臉而已。』

朱雀瞪大了眼睛，很驚訝次數比他想像中頻繁。

『他們很講規矩，每次來都會告訴我們出雲發生的種種事。』

守護妖們沒有詳細問過，只知道他們應該是住在奧出雲的某處。
大蜘蛛似乎想起了什麼，說：
『上次來的時候，他們好像說過很多鄉里都有疾病蔓延。』
「疾病？」
『他們說那種疾病會發高燒、劇烈咳嗽、咳個不停，搞不好就那樣死了。可能是這個原因，最近幾乎看不到嬰兒。』
嬰兒都沒誕生，所以看不到嬰兒。
「……」
朱雀眨了眨眼睛。
「對了……」
京城也是這樣。朱雀頂多只認識與晴明相關的人，以及那些人周邊的人，儘管不多，但這幾年還是有人有徵兆、懷孕了，最後生不下來。
有的是母子俱亡；有的是孩子流掉了。
生不下來，也養不大。所以，嬰兒銳減，小孩子也隨之減少。
朱雀想到，母親與孩子一起死亡，代表能生孩子的女人也減少了。
晴明好像說過，京城的陰氣變濃了，越來越多人被陰氣沖到，不只身體患病，連心都病了。

若是身邊有人生病死亡，看著那人死去的家人或近鄰，恐怕心靈也會蒙上陰影。

此時，若陰氣進入，就會更傾向陰的一面。

『到了，你等著，我去推開。』

大磐石震動，響起微弱的地鳴聲。

朱雀和大蜘蛛走出了通往人界的隧道。

好久不見的人界，空氣比想像中更沉滯、更凝重，而且淅瀝淅瀝下著雨。

無邊無際覆蓋天空的烏雲非常厚，看起來雨勢會越來越大。

隧道入口周邊的樹木，也到處枯萎，形成綠色與茶色斑駁相間的景色。

據太陰說，樹木枯萎的根源已經被斬斷。然而，並沒有因此立即長出茂密的新樹木。

朱雀心想，樹木可能要花很長的時間才能恢復原狀吧。

『神將啊，你要走哪條路？』

大蜘蛛問，朱雀稍微思考了一下。

也可以從這裡回異界，再直接前往安倍家，但是……

「我想去看看人界。」

他有點擔心九流族的比古和多由良說的到處蔓延的疾病，覺得應該去確認狀況，再向晴明報告。

京城也有很多人罹患同樣的病。

以前，那個病會奪走白色蝴蝶。總不會所有出雲的病人都被奪走了白色蝴蝶吧？還是去看看比較好。

「這陣子麻煩你了。」

『嗯。』

「有沒有事要我轉告你們的公主和嵬？」

『請告訴公主不要做危險的事。告訴嵬，無論發生什麼事，都要捨命保護公主。』

「知道了。啊，六合拜託你了。」

『——』

守護妖拉長了臉，不發一語，連揮幾次其中一隻右腳，示意他趕快走。

朱雀苦笑著聳聳肩，在濛濛細雨中開始奔馳。
邊靠神足奔馳，邊在大腦裡描繪全國的地圖。
「從山陰繞過去吧……」
然後，也去看看山陽那幾處領地。

在所有經過的領地，朱雀將目睹一切。
在伯耆。
在備後。
在美作。
在播磨。
在因幡。
在但馬。
在丹後。
在丹波。

在攝津。
在若狹。

死亡。
病死。
未產即亡。
產下即亡。
某天早上猝死。
某天夜晚猝死。
某個時刻猝死。
在一不注意的時候、在對話中斷的剎那間。
死亡。死亡。死亡。
死亡鋪天蓋地，緊逼而來，弔唁的人手已經不足。

看到這樣的慘狀，朱雀啞然失言，毛骨悚然，呆若木雞。

污穢降下。
陰氣漸濃。

死亡。死亡。死亡。
好多的死亡、數不清的死亡。

大量的死亡。
充斥各個角落。

4

從愛宕山越過次元的異境，就是天狗們的愛宕鄉。
危機正逼近總領天狗颶風所統治的廣大異境之地。

◇ ◇ ◇

聳立在鄉里最深處的總領宅邸，藉由走廊和渡殿，把好幾棟建築物複雜地連結在一起。環繞宅邸的院子更大，即使住在鄉里的所有天狗都聚集在這裡也綽綽有餘。

現在，總領宅邸瀰漫著異常的緊張感。

脆弱的女性和孩子們都聚集在宅邸的大廳，害怕得全身發抖。

有強大妖力的男人們，一部分留在這裡，其他分散到全鄉各處。
從悄悄打開的木門縫隙往外看的孩子們，都嚇得倒抽一口氣。
院子裡的樹木在眼前逐漸枯萎了。
「啊……啊……」
臉色發白往後退的孩子們，連滾帶爬地衝向待在大廳中央的女人們。
「母親，樹木……！」
一個女人抱住邊哭邊纏上來的孩子，往木門那邊望去，大驚失色。
「樹木的枯萎蔓延到這裡了……！」
她的聲音讓聚集的女人們都陷入了恐慌。
「會不會是那個邪念靠近了？」
「樹木再繼續枯萎，聖域會……」
「颯峰大人他們是在做什麼……！」
為宅邸工作的婦人們，彼此互看了一眼。颯峰的母親也在其中。
門外響起怒吼聲，是一起保護宅邸的天狗們在叫喊。
仔細聽，可以勉強聽出他們在叫喊什麼。
「要來了！」

「發動攻擊！」
「不能讓它們再往前進！」
「糟了……！」
女人們嚇得直發抖。
越是看不到發生什麼事，越會挑起恐懼，讓身體縮成一團。
一個女孩猛眨著眼睛嘟嘟囔囔。
「好像……」
旁邊的女人聽見了，詫異地問：
「怎麼了？」
嘟嘟囔囔的女孩，把手貼在耳邊說：
「好像有奇怪的……聲音……」
被她影響的女人、孩子們，也跟她一樣把手貼在耳朵上。
維持這樣的動作好一會兒後，天狗們的耳朵捕捉到噠噗的微弱聲響。
然後。

『……已矣哉。』

響起特別高亢、昂揚的聲音。

「啊……！」

女人們的臉同時緊繃起來。她們都是被那個聲音追著跑，為了逃開那個聲音，才聚集在總領宅邸裡。

只要聽見那個聲音，就再也封不住耳朵了。

如歌唱般的聲音、如消磨希望般的迴響，會纏繞耳朵揮之不去。

從氣已枯竭的樹木縫隙湧出那如膠般的邪念，是在黃昏時刻。

那東西悄悄地、慢慢地逼近鄉里，在不知不覺中就被包圍了。

外面特別安靜，女人們覺得奇怪，紛紛從各自家中走出來看怎麼回事。

響起嗟嘆聲，許許多多跟小指頭指甲差不多大小的臉，宛如捲起波浪般蜂擁而至，天狗們都看得倒吸一口氣，或瞠目結舌。

看到一個孩子差點被吞沒，有人發出了尖叫聲。

是下一代總領天狗疾風的守護者颯峰救了那孩子。

他在危急關頭，把孩子救出來，然後直接往上飛。

臉色發青的女人們，都清楚看見幾千、幾萬張的臉，捲起漩渦往上攀升追殺颯峰的異樣光景。

颯峰確定躺在他臂彎裡身體僵直的孩子沒有受傷後，轉向抬頭看的女人們，大叫：

「快進去總領宅邸！快！」

被太過異常的畫面嚇得兩腿發軟的女人們，聽到催促她們的聲音，才恢復了行動。

女人們帶著小孩、腳力差的老人，跑向總領宅邸。

幾萬張臉匯集成一股濁流，在後面追殺他們。

漂浮在膠的邪念上的臉，如唱歌般重複著一句話。

已矣哉。

已矣哉。

已矣哉。

已矣哉。

這句話敲響耳朵、緊貼在耳膜上、拂過腦海。
已矣哉。
已矣哉。
已矣哉。
總領宅邸的門敞開著。
「快！」
負責守護宅邸的強壯守門人，滿臉緊張地大叫。
一個女孩攙著是親人的老婦人，在快要到達的地方跌倒了。
老婦人尖叫一聲：「啊！」倒下來，跌倒的女孩迅速爬起來跑向她。
但是，老婦人揮開她伸出來的手，表情嚴厲地大叫：
「妳快走！」
「可是，婆婆……！」
「不用管我！」
老婦人瞥一眼腳踝。剛才跌倒時，嚴重扭傷了。這樣子別說是跑了，連站都站不起來。
怒目而視的老婦人，要女孩拋下不能行動的自己，但是，女孩像鬧脾氣的小孩般一直搖頭。
「我不要，我不能拋下婆婆自己走。」
「聽婆婆的話！」
「我不要！我絕對不要！」
被斥責也頑強不從的女孩，聽見守門人刺耳的叫喊聲。
「要關門了，快點……！」
女孩交互看著門與從背後逼近的邪念波浪。
守門人大驚失色。幾萬張恐怖的臉嗤笑著。老婦人表情扭曲地說著什麼。
高亢的聲音唱著歌。
已矣哉。
歌聲湧上來。
已矣哉。
可怕的東西近在咫尺。
已矣哉。
啊，完了。
完了——。

「——唔……！」

就在她捨身掩護祖母、閉上眼睛的瞬間，感覺有道龍捲風掃過。

「波流壁！」

如清流般的涼爽神氣捲起漩渦，化為堅固的牆壁，阻擋了邪念的濁流。

席捲而來的濁流撞上牆壁，發出天搖地動的轟隆聲。

同時，捲起漩渦的風包住了老婦人與女孩。

「能站嗎？」

耳邊有個渾厚的聲音這麼問。

女孩戰戰兢兢地抬起頭，看到身強力壯的陌生男人單腳跪在自己身旁。

「白虎，快點，我撐不久。」

聽見孩子般的高亢催促聲，女孩回過頭，看見一個孩子面向席捲而來的邪念，高高舉起了雙手。

孩子高高舉起的雙手前面，似乎有涼爽的水波動捲起的漩渦。

女孩知道他們。

他們是下一代總領疾風的守護者颯峰，前幾天請來這個異境的十二神將。

也是在人界名聞遐邇的大陰陽師的手下。

女孩還記得，幾年前請過其他神將來鄉里，當時發生了可怕的事件。事件的首謀者，被神將、陰陽師和颯峰擊倒了。

以前曾發生過震撼鄉里的悲慘事件，那之後天狗們一直對人類抱持敵意。

但是，被陰陽師們當時的盡力、純潔無瑕的心靈打動後，他們漸漸化解了負面的情感。

「冒犯了。」

聽到致歉的話時，女孩的身體已經被神將的粗壯手臂輕輕抱起來了。

「不用管我，快救婆婆。」

女孩不由得大叫，白虎對她用力點著頭說：

「放心。」

用另一隻手抱起老婦人的白虎，轉頭對同袍說：

「玄武，我一起飛，你就解除防護牆。」

「明白了。」

發出轟轟聲響一波接一波席捲而來的邪念波浪，非常難阻擋。

白虎的神氣捲起了漩渦。

感覺同袍的神氣已經從背後離去的玄武，猛然放鬆了築起防護牆的力量。

瞬間，濁流撲向了玄武。

玄武爆發神氣，把膠炸飛。

如大浪般高高捲起的邪念，又往下墜落，企圖吞噬玄武。

在數不清的臉逼近玄武的剎那間，黑色疾風從邪念的波浪間疾馳而過。

颯峰在千鈞一髮之際，抓著玄武的衣領飛上了天，玄武不悅地皺起眉頭。

「這麼做好像把我當成小狗什麼的，我不喜歡。」

拍著翅膀的颯峰，露出再認真不過的表情回他說：

「我完全沒那個意思，這麼做是因為玄武大人空不出手來。」

颯峰是全速飛行，衝入幾乎貼到身上的波浪間，抓住玄武的衣領逃出來的。

玄武半瞇起眼睛哼哼唧唧地說：

「總之……謝謝你。」

颯峰來個大迴轉，降落在總領宅邸的院子。他一進入環繞院子的牆壁內，籠罩總領宅邸的強韌結界立刻高高延伸到了天際。

從四面八方湧上來的邪念海嘯，撞上總領宅邸的牆壁，發出驚人的聲響。

一個親信跑到總領那裡說：

「總領大人，這樣下去結界會被破壞……！」

接到通報的總領天狗颶風，面具下的臉瞬間轉白。

「不用擔心，這點衝擊對我們的結界毫無影響。」

聽到沉著鎮定的回答，親信才放下心來。

「聖域的情況如何？」

總領把視線朝向聖域的方向，親信繃緊神經回應：

「是，伊吹大人和十二神將們正嚴加防守！但是……」

看部下吞吞吐吐的樣子，颶風判斷情況可能不太好，暗自低喃——

還是應該親自去趟聖域。

但是，有個聲音對他說：

「父親，不可以。」

已經能變成大約五歲的人類孩子模樣的疾風，眼神凜然地仰視著父親。

「不可以，父親必須在這裡負責指揮。」

疾風站在親信前下令。

「告訴伊吹，不論怎麼樣的怪物襲來，都要守住聖域的封印。以愛宕天狗之名發誓，完成我們的神所賦予的任務。」

親信在面具下張大了眼睛。

「是……！」

深深一鞠躬轉過身去的親信，藏在面具下的眼睛已經淚水盈眶了。

那個幼小的雛鳥長大了，被教育得如此勇敢、值得依靠。已經亡故的另一名守護者如果還活著，儘管面無表情，內心不知道會有多麼驕傲呢。想到這裡，他的眼角就忍不住熱起來。

目送親信飛走的疾風，確定已經看不到他的身影後才轉向颶風，把臉扭成一團。

「父……父親……父親……」

颶風抱起嗚嗚咽咽小聲哭起來的疾風，笑著撫摸他的頭。

「你說得非常好。」

緊緊抱著父親哭泣的疾風在發抖。

「聖域……封印……如果被破壞……會怎麼樣呢……」

颶風抱緊兒子，沒有回答他的問題。

現在包圍聖域的結界，是由十二神將太裳布設的。

為了維持結界，除了太裳的神氣外，還要不停注入玄武的神氣，以及身為魔怪的天狗們的妖力。

十二神將白虎與天狗們，負責對付襲向結界的邪念波浪，以及從波浪跑出來的無數怪物。

不論怎麼擊退再擊退，怪物還是一個接一個冒出來。

怪物會伴隨著歌聲，從本身就是污穢的黑膠邪念爬出來。

已矣哉。

不斷重複的歌，已經緊緊附著在神將們和天狗們的耳朵上。

已矣哉。

刺耳、動搖人心的聲音說著話。

已矣哉。

不斷重複說著已經完了，企圖削弱大家的氣力、打擊心志。

「唔……」

太裳察覺自己一陣暈眩，身體傾斜，趕緊重新擺好姿勢。

稍微一鬆懈，相當於咒語的歌就會灌進腦裡。

儘管知道這樣，意識還是不時會差點被那首歌帶走。

甩甩頭重新調整氣息的太裳，聽見同袍對著自己低吼。

「剛才差點恍神了吧？」

太裳眨了眨眼睛。

「啊……被你發現了？」

讓波流壁與太裳築起的結界交疊的玄武，在冒著冷汗的雙眉間擠出皺紋。

「還敢說什麼被發現了，專心點嘛。」

「對不起。」

蒼白的臉上泛起苦笑的太裳，邊道歉邊想幸虧青龍不在這裡。

如果青龍在，恐怕很難像玄武那樣耐著性子斥責幾句就算了。

她邊調整呼吸邊觀察狀況，發現玄武只是嘴巴硬，其實也撐到極限了。

蒼白的側臉汗水淋漓，嘴唇也沒了血色。

太裳心想自己一定也是那樣，只是沒辦法確認。

她閉上眼睛，想著主人。

他們的主人安倍晴明，一定沒預料到他們會陷入這樣的絕境。要不然，不會只派自己和玄武、白虎來，會加派神氣更強的神將，或是一個鬥將同行。

正陷入這樣的沉思時，太裳的腳突然感覺到微微的震動。

她倒抽一口氣，注視著地面。

「地震……」

震動來自地底深處，像是低鳴、又像是低吼的不成話語的低沉咆哮聲，從很深、很深的地底爬上來。

感覺快要纏住腳的那個東西，像極了橫亙地底的凍結黑暗，令太裳戰慄。

那是類似黑暗的凍結神氣。太裳感覺到遍及聖域各個角落的神聖力量，把那個帶著晦暗的東西壓下去，又沉入了地底深處。

咆哮聲消失，地震也靜止了。

「停了……」

太裳低聲嘟囔，無意識地喘口氣。同時，也想到一件事。

來這裡之後，她一直覺得奇怪。

天狗們都說，有個連說出口都會忌憚的惡神，被封鎖在這個聖域。

不是禁止，也不是忌諱，而是忌憚，為什麼呢？

對了，天狗們的忌憚是針對猿田彥大神吧？因為忌憚猿田彥大神，所以不願說出惡神的名字。

名字是咒語。說出名字，就會給那個神力量。

天狗們對猿田彥大神抱持著敬畏、尊崇之心。

所以，天狗們有所忌憚，生怕不小心解放了猿田彥大神封鎖的惡神。

才剛想通，同袍的尖銳叫聲就重重敲響了太裳的耳朵。

「太裳！」

神將眨了眨眼睛。

映入眼簾的是席捲而來的邪念正要撲向自己。

轟隆一聲，膠的邪念狠狠撞上了結界，神氣的保護牆大大扭曲，出現了無數條龜裂。

「對不起……！」

太裳迸發出神氣，硬是把邪念推回去。玄武的神氣趁機包住龜裂，把結界修補起來。

總算勉強撐住了。

玄武氣喘吁吁地鬆口氣，無言地瞪視同袍。

太裳啞然失言，垂頭喪氣。

瞥一眼結界的白虎，臉色發白，喃喃自語。

「害我捏把冷汗……」

結界差點就被破壞了。

若是被突破，膠的邪念就會湧入聖域。那麼，聖域的封印就會瞬間沾染污穢而失效。

封印失效，惡神就會被解放。

「白虎大人！」

聽到颯峰的叫聲，白虎急忙往上升。

向上攀升的邪念和坐在那上面的怪物，撲向了白虎剛才所在的地方。

白虎用龍捲風將它們擊潰。怪物爆開來，四散飛濺，但是，邪念只是啪啦啪啦掉下來，又迅速向上攀升。

而且，用神氣擊落，就會看到它們似乎把神氣吞下去了。吞下後，大大顫動，再聲勢浩大地濺起飛沫。幾萬張臉獲得重生，扯開嗓門大唱歡喜之歌。

已矣哉。

天狗的妖力也一樣。

發動攻擊也無法擊潰它們、無法消滅它們。將它們打散，也會很快再聚集。

怎麼做都解決不了它們。

結界也一樣，每次被邪念攀住，神氣就會減弱，看起來也像是被吃掉了。

無數張臉在啃食結界、在啃食神氣、在啃食妖氣。

跟在那個尸櫻界一樣。

白虎不由得全身戰慄。

沒完沒了。這樣下去，總體戰力將會被削弱、被吞噬。

最後被消滅的恐怕是自己吧？

靠天狗和自己的力量，無法阻斷邪念、破除污穢。

能做到的只有陰陽師的法術，或是——。

「火焰——……」

十二神將最強的火將騰蛇還沒醒來，但是，還有朱雀。只有朱雀的火焰，可以掃蕩那些邪念。

白虎高高舉起手臂，讓神氣捲起漩渦，揮向異境與人界的狹縫。

「晴明，拜託你了……」

收到這道風後，請把朱雀送來這裡——。

在天狗異境愛宕鄉，有個被稱為聖域的地方，封鎖著連說出名字都會忌憚的惡神。

這個惡神被封鎖，是在被稱為神治時代的遙遠過去。

無惡不作、光是存在就會散播災難的惡神，讓國津神非常憂慮。

很多生命因為這個惡神被送進黃泉、被災難吞噬、被擊潰、被破壞。

來自天上的光亮消失了，世界陷入黑暗。所有災難與病魔，在黑暗籠罩的人間跋扈肆虐。人民死亡，造成污穢，四處瀰漫。

國津神猿田彥大神親手把惡神封鎖在異境之地，命令屬下天狗嚴守此地，直到天荒地老。

這就是愛宕天狗族的緣起。

封印解除，遠古時代的禍事就會再次襲擊這個世間。

當人間充斥著滿滿的死亡，就會招來更多的禍事。

◇　◇　◇

車輪嘎啦嘎啦震響。

沿著竹三条宮的泥牆慢跑的妖車，察覺原本距離很遠的雷鳴變得特別近，不禁停下了車輪。

它正在做每天例行的巡視。

竹三条宮特別安靜，熟識的小妖們也都不見蹤影，有點奇怪。

《到底怎麼了……》

發生了什麼事嗎？

忽然，不安油然而生。

藤小姐還好吧？那隻黑漆漆的烏鴉如果在這裡，應該可以告訴它比小妖更詳細的狀況，但是這個時間想必已經睡了。

覆蓋整片天空的厚厚烏雲，閃過一道雷光，宛如俯瞰著正在煩惱該怎麼辦才好的車之輔。

看到從未見過的紅色光芒撕裂烏雲，車之輔驚訝地張大嘴巴。

《哇……》

有水滴掉入嘴裡。

車之輔眨眨眼。

大顆雨滴從天空啪答啪答掉下來。

《啊哇哇哇……》

急著趕回一条戻橋橋畔的車之輔，眼角餘光忽然掃到蠢蠢鑽動的黑色東西。

不同於黑暗的黏稠黑色物體，搖來晃去地震盪著。

吹起了風，是那種黏答答的冷風。

被風吹過的黑色東西，緩緩站起來，漸漸呈現出異形的模樣。

瞪大眼睛的車之輔，開始嘎答嘎答哆嗦顫抖。

從黑色東西變出來的異形，是頭上長著角的魔物，有枯木般的四肢和大大凸出來的肚子。

《是……鬼……！》

哀叫聲從車之輔顫抖的嘴巴溢出來。

京城有很多小妖。外型可怕的妖怪、魔物，也很常見。

但是，車之輔從來沒有在這個地方遇見過鬼。

聽說很久很久以前，有人操縱鬼去獵殺鬼。當時趕盡殺絕，所以，鬼完全從京城消失了。

這是小妖們說的，所以，不知道有多少真實性。

但是，車之輔到目前為止還沒見過鬼，所以，它想即使不完全真實，應該也有真實的部分。

輪廓模糊的鬼，緩緩轉動脖子。與紅色雷光極為相似的眼球，發現了呆若木雞的妖車。

車之輔強烈顫抖，尖叫著逃走。

戻橋位於大陰陽師所在的安倍家的前方，再怎麼恐怖的妖魔都不會靠近。

逃到那裡就安全了。在那裡等著主人回來，很快就會迎來早晨。

它真的好害怕。好希望、好希望主人趕快回來，輕輕敲著它的輪子，嘲笑它說自己是妖怪還那麼害怕。

只要主人這麼做，它相信現在的恐懼、無法壓抑的不安，都會煙消雲散。

《唔……！》

雨勢越來越大了。
車之輔頭也不回地奔馳，往一条戻橋全力奔馳。
所以，它沒有發現。
黑色東西在路上各個地方沉滯、凝聚、成形。
變成被稱為鬼的模樣後，向京城四面八方散去。
如果車之輔停下來，追逐它們的蹤跡，就會目睹那個光景。
目睹它們其中一個，帶領不知從哪冒出來的滾滾沉滯，前往竹三条宮。

◇　◇　◇

貴船的祭神高龗神看到紅色雷光撕裂天空，臉上浮現厲色。
「嚴靈……」
連喃喃自語都很僵硬。
把視線拋向眼前遼闊的平安京城一隅的高龗神，表情更加嚴肅了。
「時間緊迫囉，陰陽師——」

◇　◇　◇

被雷鳴吵醒的藤原敏次，從墊褥上爬起來。

陰陽寮的人要他多休息幾天，他只好躺著，好像是不知不覺中睡著了。

他悄悄從倉庫出來，走到渡殿。

天空被黑漆漆的烏雲遮蔽，沒辦法靠星星和月亮算出時刻，但是，完全沒有早晨的氣息，所以他推測是黑夜。

「應該是深夜時刻吧……」

大約是子時，不，是丑時吧。

睡得太久，身體都快僵硬了。

每次睡著都會作夢，但是醒來就忘了。這樣反反覆覆，感覺不太舒服。

他合抱雙臂，沉著臉低吟時，視野被染成了紅色。

「咦……」

起初他還以為是自己的眼睛有問題，但很快發現到不是。

遲來的雷鳴震耳欲聾。

「是雷啊……好詭異的顏色……」

他仰望天空。
黑暗中吹起了風。雨滴啪答啪答掉落的聲音，與風聲交響。
是特別冷的風。很冷，又會黏答答地緊緊纏住身體。
光著的腳被纏住，就有股涼意往上爬，讓人不由得全身發冷。
他的心七上八下，總覺得這場雨不吉利。
他環視周遭。
陰陽寮都有人值夜班。
去那裡一定會被罵，但是，他覺得不能把這種不祥的預感藏在自己心裡。
雷電閃過天際。
嚴靈從天空疾馳而過。
紅光宛如從割開的脖子噴出來的鮮血般，照射在充滿冷風的地面上。
「——……！」
響起刺耳的尖銳慘叫聲，敏次不由得停下腳步。
「是寢宮……」
慘叫聲是來自寢宮的方向。
雷鳴轟隆。

敏次莫名地震顫起來。
突然，他有種感覺。
啊，是死亡。
死亡——已然到來。

◇　◇　◇

發現啪答啪答掉落的雨滴，十二神將天空仰望天空。
剛才聽見了雷鳴轟隆聲。
安倍宅院雖有結界包圍，但擋不住自天而降的雨。
「嗯……？」
天空的眉間泛起厲色。
有同袍的神氣從密布的烏雲間飛出來，降落地面。
轉眼間降落的神氣，穿過天空的結界，捲起旋風。
天空把臉朝向降落地面的太陰，厲聲叫喚：
「太陰啊。」

嬌小的風將光聽這聲叫喚，就知道天空要說什麼，沮喪地垂下肩膀。

「對、對不起……」

天空深深嘆口氣，無奈地垂下肩膀。

太陰和昌浩是穿越次元的狹縫，進入了生人勿近森林。但是，太陰還沒來得及說清楚是從哪、怎麼來到這裡的，就逃之夭夭了。

因為剛醒來的十二神將騰蛇，當時以小怪的模樣待在那裡。

太陰縮著身子，戰戰兢兢地問：

「那個……騰蛇……是什麼時候醒來的？我還以為他消耗得那麼嚴重，不會這麼快復原呢……」

所以，太陰才會毫不猶豫地跟昌浩一起回來安倍家。

然而，事與願違，一穿越次元的狹縫，就遇上了騰蛇。要不然她也不會一見到面就慘叫著一溜煙逃走了……應該不會。

太陰覺得很尷尬，眼神飄來飄去。

其實，就算預料到了，騰蛇猛然出現在眼前，她還是會逃走，再怎麼找理由粉飾都沒有用。

長吁短嘆的天空開口說：

「騰蛇是在幾天前醒來的。」
「是晴明做了什麼嗎？」
「不是。」
天空搖搖頭，把拐杖指向坐鎮於北方的靈峰貴船。
「是供奉在那個靈峰的龍神高龗神所為。」
說到這裡，天空稍作停頓，露出複雜的表情，說出無法想像的事。
「祂揮下了軻遇突智的火焰。」
「啊？」
連太陰都大吃一驚，不停地眨眼。
「軻遇突智？是那個軻遇突智嗎……？」
「是的，就是那個軻遇突智。」
「那……那是……」
太陰說不出話來，茫然回看天空。
四年前的春天，騰蛇曾死於軻遇突智的火焰。現在那個火焰又被擊落在他身上，實在太諷刺了。
閉著眼睛的天空，眉間緊蹙。

「仔細想想，能讓那個騰蛇復原的力量，可沒那麼好找。雖然無法臆測貴船龍神給騰蛇那個火焰的真正意圖，但是，對我們而言都是僥倖。」

現在已經知道道敷的目的，騰蛇在此時脫離戰線，將會是最大的遺憾。獲得軻遇突智的火焰，就可以縮短原本所需的漫長復原時間。

如天空所說，這是僥倖。

然而，太陰不禁要想——

被迫接受曾經殺過自己的火焰，騰蛇內心作何感想呢？

她曾聽同袍說過，騰蛇與高龗神不怎麼合得來。

想到騰蛇可能因為這樣又變得很可怕，太陰就打從心底發顫。

「高龗神的真正意圖嗎……只是心血來潮吧？那個神不是常常這樣？」

「或許，因為祂是國津神，所以能看見我們看不見的事吧……」

天空遙望天際，對合抱雙臂思索的太陰這麼喃喃說道。

神將們都不知道，高龗神會來是因為小妖的懇求。以後有沒有機會知道這個真相，恐怕只有神知道。

「對了，太陰——」

天空叫喚的語氣變了。

太陰猛然挺直了背脊。
閉著眼睛的天空，表情浮現威嚴。
「播磨在赤穗郡，告訴我原本應該留在菅生鄉的你們，是怎麼樣出現在這裡的？又是為什麼回來的？」
太陰的臉瞬間緊繃起來。
天空從太陰的神情推測，一定是發生了什麼大事。
他也可以逼問昌浩，但是，昌浩受了傷，意志又十分消沉。昌浩自以為掩飾得很好，卻瞞不過天空。
看得出來是勉強振奮起被傷得體無完膚的心靈。
所以，天空聽從騰蛇的建議，讓昌浩去了晴明那裡。
「呃……就是……」
太陰說得吞吞吐吐，垂下了頭，臉頰慢慢失去血色，變得蒼白。
看到同袍慌亂成這樣，天空有種不祥的預感。
他莫名地擔心起昌浩他們，把意識轉向了晴明的對屋。
「啊，對了……昌浩呢？」
太陰把眼珠上翻，從竹簾般的瀏海間看著天空。

閉著眼睛的天空看不到她那個模樣，但是，可以從神氣和氣息察覺。
「騰蛇叫他去給晴明看身體的傷勢，把他帶去晴明那裡了。」
「這樣啊……」
太陰剛鬆口氣，天空又拋來尖銳的詢問。
「太陰啊，昌浩的傷是怎麼回事？」
「呃……那是……」
天空又接著嚴厲逼問吞吞吐吐的太陰。
「那個傷勢不輕——還注入了靈氣。」
老將沉吟地說，而且是自己非常熟悉的靈氣。
太陰的肩膀高高彈跳起來。
「那……那是……」
雨滴落在臉色蒼白、表情扭曲，像是快哭出來的太陰身上。
太陰的視線不自覺地飄來飄去。
從生人勿近森林出來，隔著一個水池，就是晴明的對屋。
晴明就在那裡。
太陰知道必須告訴晴明發生了什麼事，胸口卻好痛、好沉重，嘴巴完全不聽使喚。

她不想說。說出來，就必須承認那是事實。

最好是找昌浩一起說。抱定這個想法的太陰，握緊了雙拳。

已經非常逼近的雷聲轟隆作響。

紅色閃光染紅了生人勿近森林。

5

◇　◇　◇

我的願望是跟妳一起生活。
我的希望是跟妳在一起。

所有願望、希望都埋在櫻花森林裡了。
因為知道不會實現。

◇　◇　◇

「……」

小怪眼睛眨也不眨地盯著昌浩。

雷鳴逐漸靠近。

雨滴打在昌浩臉上。淌下來的水滴，看起來也像是淚水。

「昌……浩……」

小怪好不容易擠出來的叫喚，嘶啞到完全不成聲。

「剛才……我聽到……」

微帶顫抖的聲音，讓昌浩困窘地蹙起眉頭，猛眨眼睛。

「呃……」

昌浩的視線飄移不定，半晌才慢慢望向被意想不到的事震撼到全身僵直的晴明和勾陣。

晴明和勾陣也面無血色，瞪大眼睛注視著昌浩，不發一語。

「……」

兩人的視線令人心痛。

昌浩把視線移回到小怪身上，嘴唇開始顫抖。

「糟糕……」

他喃喃低語，垂下頭，單手撩撥瀏海，遮住眼睛。

「你們都知道了啊……」

如呢喃般小聲的話語，像一把刀刺進了在場所有人的耳朵。

被打擊到啞然無言的小怪背後，響起勾陣令人無法置信的無助聲音。

「昌……浩……」

叫喚聲越過小怪頭頂。

昌浩單手按著額頭，表情像個挨罵的孩子，回頭看勾陣。

「你……你已經知道了……？」

小怪凝視著昌浩。晴明的視線和勾陣的視線，也扎刺著昌浩。

被三對眼睛盯住的昌浩，視線慌張地飄來飄去，嘴巴一再地張張闔闔。

閃電撕裂天空，亮起一大片的紅色閃光。

昌浩被照亮的臉，交織著種種情感，看起來就像個失去依靠的無助小孩。

瞬間，滂沱大雨毫不留情地傾瀉在努力思索措詞的昌浩身上。

淋著雨的小怪，動也不動。

「——」

晴明和勾陣的聲音在它腦中迴響。

——……已經決定的壽命……無法可想——

心臟狂跳起來。

——兩年……僅僅……

心臟狂跳。跳得又快又劇烈，令人害怕。

——那麼……快……為什麼……！

「小怪……！」

昌浩大叫一聲，小怪才察覺自己蹲坐下來了。

感覺好奇怪。四肢無力，思緒恍惚，沒辦法集中精神。

胸口鬱悶。心臟撲通撲通跳得好大聲，刺耳得教人無法忍受。

「……」

啊，昌浩的臉那麼蒼白，我必須站起來才行。
它把力氣集中到前腳，卻還是莫名地使不上力。
這是怎麼回事？怎麼會這樣？
感覺胸口整個空了。那裡破了一個大洞，所有東西都掉光了。
宛如在黑暗中吹著冷風般的奇妙、深不見底的虛空，在周遭延伸。
「小怪，你還好嗎……」
驚慌失措的昌浩把手伸向了它。
雷鳴疾馳而過，紅色光芒射向眼睛。
瞬間，遙遠過去的身影，與現在重疊了。
——蓮。
「……」
小怪眨一下眼睛。
啊，那時候他也是這樣把手伸向了它。
那麼小的孩子，現在長得這麼大了。
它以為將來也能這樣看著他。
在未來的遙遠日子、直到最後一刻，都會伸向它的這雙手，也會老到骨瘦如柴吧。

它以為它會一直看著現在伸向它的這雙手逐漸變成那樣。

它如此深信，從未懷疑過——。

「……」

被滂沱大雨淋成落湯雞的昌浩，用雙手環抱同樣被淋成落湯雞的小怪。

「小怪……我跟你說……呃……」

昌浩努力往下說，但怎麼也說不下去。

聽在小怪耳裡，就像從某個遙遠地方傳來的聲音。

昌浩要說的是小怪絕不想聽的話。

不要。我不想聽。我不要聽。

把耳朵敲壞就不用聽了，乾脆那麼做吧。

真希望是夢。如果神將也能作夢該多好。如果能把這件事當成惡夢，就這樣結束該多好。

「……」

不，不是這樣。

現在就是在作夢。

神將們不是在睡覺時作夢，而是在現實中作夢。
人類的存在就是他們的夢。
人類讓他們有了夢想。
安倍晴明給了十二神將夢想。
昌浩給了小怪、紅蓮無可取代的夢想。
他不在了，夢就結束了。
所以，再過兩年，紅蓮的夢就結束了。
紅蓮就要結束了。
不過就是這麼一回事。
不過如此。
不過是這雙手會消失。不過是這個聲音會消失。是的，這個生命……
將會從眼前消失——。
叫喚名字的聲音，溜進了原本只聽得見強烈雨聲和雷鳴的耳朵裡。
「昌浩、紅蓮、勾陣……」
所有人都把臉轉向了晴明。
站在外廊的老人平靜地說：

「進去吧，全身濕透地站在這裡，很冷吧？」

小怪眨一下眼睛，心想：

啊，原來在下雨啊。

燈台的火在屋內微微搖曳。

走上外廊的勾陣，用神氣撢去自己和小怪身上的雨滴。

「騰蛇……」

勾陣試著輕聲叫喚，但小怪沒有回應。

她俯視依然若有所失的小怪，嘆了一口氣。

小怪的心情她再理解不過了。懊惱不已的她就是知道會這樣，所以不想告訴它。

勾陣抱起小怪，站在敞開的木門後面待命。

晴明對進入屋內的昌浩說不要著涼了，把擦身體的布和替換的衣服遞給他。

要擦拭淋濕的頭髮時，肩膀一陣劇痛，痛得他臉部扭曲，布也掉了。

「唔……！」

察覺的晴明把手伸向默默皺起眉頭屏住呼吸的昌浩。

「沒、沒事……」

因為身體猛然往後縮，又引發新的疼痛，痛得他表情扭曲。

看到昌浩的臉色越來越蒼白，晴明皺起了眉頭。

「真的沒事？」

昌浩搖搖頭。

老人拿他沒轍，嘆了一口氣。

「天一，過來。」

被叫喚的神將現身。

「您叫我嗎？晴明大人……哎呀，昌浩大人，您幾時回來的？」

昌浩勉強擠出帶點苦笑的笑容，回答微微張大眼睛的神將。

「嗯，剛回來。」

「他好像到處都在痛，不好意思，幫他治療吧。」

收到主人的命令，天一微笑著說：

「交給我吧。昌浩大人，失禮了。」

她舉起白如銀魚的手，確認昌浩負傷的地方，忽然眉頭深鎖。

「這是……」

「怎麼了？天一。」

她轉向晴明，困惑地回說：

「表面上只是一般的傷口，但施加了某種法術。我可以治療外表的傷，但裡面就無能為力了……」

「什麼？」

聽到神將出乎意料的話，晴明眨了眨眼睛。

昌浩大驚失色，緊緊抿住嘴巴。

原來不只被打傷，還被施加了法術？是什麼時候呢？

他在記憶中搜尋。自己片面挨打、被壓制的畫面，歷歷浮現眼前，讓他懊惱到感覺整個胸口都快燒起來了。

什麼時候被施加了法術？線索太多了，老實說，多到他完全搞不清楚是什麼時候。換句話說，可能一開始就中了法術，也可能是在第一次攻擊時被施加法術。以那個哥哥的做法，說是對他施加法術，再對他造成直接性的傷害，也是可以理解的。

總之，他的注意力都在身心的打擊和疼痛上，完全沒有察覺。

「晴明大人，該怎麼辦呢？」

天一困惑地詢問，主人晴明思索著回她說：

「先做到讓他可以行動吧，法術的事我再慢慢調查。」

「是，知道了。」

天一把手擺在昌浩受傷最嚴重的右肩上方，昌浩半瞇起眼睛，耳邊又清楚浮現骨頭碎裂的聲響。

這麼說或許像事不關己，但他不得不說成親的技術真的很好。以不至於讓他昏迷的劇痛，具體封鎖他的行動，再重挫他的精神，讓他喪失鬥志。

回想起來，成親每次發動的攻擊，都沒有一絲一毫的浪費。他沒有使用多餘的力氣，只發動最小限度的攻擊，就毀掉了昌浩這顆棋子。這樣的手腕，值得讚賞。

昌浩原以為自己受過嚴格訓練，已經變得很強。神祓眾們都這麼說，神將們也是。

但是，輪到這種程度，讓他清楚知道了實力的差距。

他一直以為自己已經擁有武術、靈術、覺悟、自信。

無論走到哪，哥哥就是哥哥。不知道要花多少時間，才能跟那個哥哥並駕齊驅。

——……好久不見，你長高了呢，沒想到會有被你超越的一天。

昌浩突然想起，大約三年前回到京城時，成親不滿的表情。

沒有一件事贏過哥哥的昌浩，知道自己高過哥哥，有點開心，不，是非常開心，還有點得意。

但是，個子長高了，內在卻沒有跟著成長。

昌浩緊緊握起沒有受傷的左手。

剩下的時間不多了，他不知道自己能否到達那個境界。

「結束了……」

他驚訝地眨眨眼睛。

臉色比剛才差很多的天一，露出令人心疼的微笑。

她用移身法術，把昌浩的傷統統轉移到自己身上了。

「受這麼重的傷，竟然叫都沒叫一聲……昌浩大人在播磨經常接受無法想像的嚴格訓練，真的變強了呢。」

聽到天一溫柔的安慰，讓昌浩突然好想哭。

「沒那種事……」

他用力壓住湧上心頭的情感，搖搖頭。

他自己比誰都清楚還差得太遠。

「天一，可以了。」

「是，告辭了。」

天一向晴明和昌浩行個禮，回天界去了。

雷鳴轟隆作響，劈下紅色雷電，紅色閃光從敞開的木門照亮了屋內。

響起滋滋聲，是燈台的燈芯燃燒的聲音。

吹進來的風又濕又重，雨聲越來越強烈。

「紅蓮、勾陣，進來裡面……」

被平靜的語氣催促的勾陣，從木門後面悄聲進入屋內。被她抱在手上的小怪，白色身軀蜷曲、僵硬，動也不動。

勾陣在面對晴明和昌浩的位子坐下來，讓小怪坐在靠近晴明的地方。

小怪坐下來，把臉朝下。

長長的耳朵和尾巴都往下垂，從昌浩那裡看不見它的表情。

晴明在臉的前方結起刀印，口中唸唸有詞，應該是在唸咒語。

那麼強烈的雨聲和轟隆作響的雷電，都突然聽不見了。

原本被風吹得不停搖擺的火焰，直直往上燃燒，跳躍的影子也靜止不動了。

「我布下了結界，讓外面聽不見我們的說話聲。」

勾陣點頭回應晴明的話。

這個房間外面的走廊盡頭，是吉昌和露樹的房間。那個房間與這裡隔著一間空房，又有強烈的雨聲和雷鳴，幾乎不可能聽見這裡說話的聲音。但是，為了慎重起見，晴明還是用結界阻斷了聲音。

晴明目不轉睛地注視著垂下頭的昌浩。

吉昌和露樹是這孩子的雙親，如果知道去阿波的昌浩回來了，不只驚訝，還會高興萬分，但是……。

在安靜到連彼此的呼吸聲都聽得見的房間裡，晴明半晌才開口說話。

「昌浩。」

「——……」

默默低著頭的昌浩緩緩抬起頭。

勾陣注視著昌浩。小怪的視線落在地板上，一動也不動。

老人做了一次深呼吸。

「幾天前，冥官大人來過。」

沉默不語的昌浩，眼神忐忑不安，眼眸似乎說著原來如此。

晴明輕輕交握雙手。

「冥官大人……是來告訴我……原本不可以告訴任何人的……壽命。」

是你的壽命這句話，晴明無論如何都說不出口。

昌浩點點頭。

「他說那是溫情……因為知道時間，可以完成某些事。」

——剩下的時間是兩年，絕不算長。

冥官冷透的聲音在腦海裡縈繞，晴明不由得閉上眼睛。

兩年。啊，是真的嗎？真的只剩下兩年嗎？

如果更早知道，我會不惜使用任何手段，阻止他做會縮短壽命的事。

「昌浩啊……」

晴明試圖保持冷靜，用平時那樣的口吻說話，但做不到。

他交握的雙手開始顫抖。

「那之後……爺爺一直在想，該怎麼做才好。」

「……」

昌浩訝異地皺起眉頭。

「即使他說那是溫情……我也無法接受。」

大腦、理性都可以理解，但是，心拒絕接受。無論如何都無法接受。

「哦……」

半晌後昌浩才回應，表示贊同。

然後，眨眨眼睛，喃喃嘟囔：

「兩年啊……兩年……」

看著沉吟般重複說兩次的昌浩，勾陣突然有種違和感。

晴明似乎也一樣，滿臉疑惑地盯著孫子。

昌浩垂下視線，用左手搔著太陽穴一帶，好像在思考什麼。

「昌浩……」

聽到勾陣的叫喚，昌浩把視線轉向她。

「嗯，什麼事？」

「你……早就知道了？」

昌浩用十分平靜的聲音反問：

「壽命嗎？」

晴明和勾陣都點頭，昌浩把手放到膝上，擺出嚴肅認真的表情。

仔細選擇每個措詞的昌浩開口說：

「菅生鄉不是有個夢見師姥姥嗎？」

在神祓眾居住的那個鄉里，她是備受仰慕的最高齡陰陽師。

「總之，她的夢很厲害，有時候會作預知未來的夢，有時候會夢見遠到不能再遠的遠古時代的事。」

據說，那個冥官還是人類時候的事，她也夢過很多次。聽說最可怕的是，有好幾次冥官突然把視線抛向在夢裡觀看的她。

「雖是過去，但姥姥只是在作夢吧？卻聽說冥官真的瞪了姥姥……那個人實在太恐怖了。還是人類的時候就不同於一般人，根本是鬼、就是鬼。」

昌浩感慨萬千地說著傳聞，聽到有些不耐煩的勾陣壓低嗓門說：

「所以，菅生鄉的夢見師怎麼樣了？」

昌浩被問得滿臉錯愕，眨了眨眼睛。

「啊，對了，我要說的是，所以姥姥作的夢絕對不會錯。」

然後，昌浩的視線在上方徘徊飄移，像是在記憶裡搜索著什麼。

「在菅生鄉修行時……收到哥哥寫來的信。」

信裡寫著：發生了大事，盡快趕回來。

想起往事的昌浩，露出懷念的眼神。

當時，他不知道發生了什麼事，但是，心想那個哥哥會這麼說，一定是發生了非常嚴重的事。

他把這件事告訴螢等人，決定馬上離開菅生鄉。

「勾陣，妳還記得嗎？離開前，姥姥把我叫去。」

被點名的勾陣眨了眨眼睛。

她回想當時的事。

「沒錯……」

說到這裡，勾陣倒抽一口氣。

難道是……不會吧。

「就是在那時候……？」

昌浩對神情僵硬的勾陣露出苦笑，點點頭。那種表情就像是不知道該擺出哪種表情，只好一直笑。

「是的。」

昌浩垂下了視線。

◇　◇　◇

「有件事我必須告訴你。」

原本和藹可親的老婦人，神情變得嚴肅。

昌浩的心臟猛然狂跳起來。

木柴嗶嗶剝剝爆開的聲音，聽起來格外大聲。安定的火焰應該很暖和，昌浩卻覺得身體逐漸發冷。

他無意識地屏住了氣息，姥姥平靜地對他說：

「樹木會枯萎。」

他皺起眉頭問：

「樹木……？」

「是的。」

用力點頭的姥姥，眼神帶著厲色。

「樹木會枯萎，到處枯萎。包括播磨、出雲、你出生的京城在內，全國的樹木都會枯萎。」

樹木枯萎，氣就會枯竭，不久後化為污穢。

污穢將充斥全國，然後帶來災禍。

「清除污穢是陰陽師的任務。」

老婦人定睛看著點頭的昌浩。

「你必須去做。」

聽到這句話，昌浩瞪大了眼睛。

「咦……？我？」

「對，只有你能阻止。」

「咦，可是……」

昌浩心生疑惑。

這個菅生鄉住著神祓眾的陰陽師們，這裡有非常多比昌浩更優秀的陰陽師。

不只菅生鄉，京城也有陰陽師。

「到了京城，也還有我父親、哥哥等人啊。」

老婦人對越說越激動的昌浩搖著頭。

「不管有誰在，都要由你來做。也不是不能交給其他人做，但是……」

昌浩感覺老婦人壓低了嗓音，猛然屏住了呼吸。

直覺告訴他，老婦人將說出他不想聽的話，聽完後就不能再回頭了。

「……」

老婦人從昌浩的表情看出他在想什麼，慈眉善目地笑了起來。

「你也可以選擇不要聽，不要回京城，在這個鄉里度過終生。」

「咦……」

「這樣，我夢見的未來就會改變，你的未來也會改變。」

樹木的枯萎將發生在與昌浩無關的地方，在昌浩不知情的狀態下發生、在昌浩沒察覺的狀態下進展、在昌浩無感的狀態下結束。

所有事都會在遠離昌浩的地方結束。

「……」

一陣涼意掠過昌浩的背脊。

他感覺不能不聽，不能逃避。不知道為什麼，就是有非那麼做不可的覺悟。

但是。

「姥姥……」

「嗯？」

「我可以請教一件事嗎？」

「只要是我能回答的事。」

忽然，有種似曾相識的既視感。好像很久以前，有過類似這樣的交談。

是什麼時候？在哪裡？跟誰談？

昌浩先撇下這件想不起來的事，問姥姥：

「如果我回京城……會發生什麼事……」

每一個字都要說得很用力才說得出口。

「我……我會……怎麼樣……？」

最後變得結結巴巴，結巴到令人驚訝，昌浩對這樣的自己感到疑惑。

老婦人屏住氣息，苦苦一笑。

「你會阻止樹木枯萎，背負許多人的性命，完成其他人都做不到的事。」

說到這裡，老婦人的視線飄移了好一會兒。

「用你僅剩的壽命去換……」

「——」

撲通撲通。

心臟狂跳起來。

突然，他冒出一個想法。

壽命應該不長了。

至今好幾次差點死掉、受過無數次傷、冒險、犯難，都勉強把命保住了。

不知道原來的壽命是多長？他不禁想，應該不短吧？

因為祖父已經超過八十歲，所以，雖然毫無根據，但他也曾想過，自己應該會很長壽。

昌浩稍微清清喉嚨，平靜地問：

「我大約剩下多少壽命……」

問出口才想到不妥。

陰陽師可以占卜他人的壽命，可以知道一般人不知道的壽命。但是，規定不可以把知道的壽命告訴當事人。

昌浩慌張地說：

「對不起，當我沒問……」

「五年。」

老婦人的答案扎刺著昌浩的耳朵。

「沒意外的話，還有五年，但是……」

老婦人盯著連眼睛都不敢眨一下的昌浩，嚴肅地宣告：

「回到京城，會更縮短吧……」

「——」

可怕的沉默籠罩周遭。

昌浩注視著夢見師老婦人，努力尋找讓自己冷靜下來的方法。

五年。自己只剩下五年的時間。

但是，必須留在神祓眾之鄉，放棄所有一切，才能得到那個時間。

回京城，就必須背負起縮短壽命的任務，祓除充斥全國的污穢。

他思考再思考。

忽然，有件事怎麼樣都想不通，於是開口詢問。

「姥姥……」

昌浩詢問以眼神回應他的夢見陰陽師：

「那個任務……為什麼是我要背負……？」

如昌浩剛才所說，京城裡有父親、伯父，還有兩個哥哥。除此之外，還有敏次和許許多多不斷努力磨練自己的人。

為什麼是自己呢？無論如何都無法釋懷。

老婦人大概是從昌浩的表情看出了他的想法，以真摯的眼神對他說：

「因為你是……」

◆　◆　◆

6

◆◆◆

雷電又稱為神鳴，劃過天空的雷光又稱為神光。那道光芒劈下來，雷聲大作，可以祓除所有災難，有時也可以治癒疾病和傷口。

但是，前些日子劈落在鄉里的雷電，與神祓眾崇拜的神不一樣。

撕裂滿天烏雲的紅光，和原本遠離的雷，都非常靠近了。

雷鳴轟隆。

聽到那個聲音，就會覺得胸口顫動，心情紛擾不安。

那是可怕的聲音，那是帶來萬惡之物的災難徵兆。

「——……」

聽見微弱的敲門聲，神祓眾的長老夢見師，從夢裡醒來，張開了眼睛。

鄉人都稱她為姥姥，知道她名字的人都已經不在人世了。

沒有比她更年長的人，所以，沒有人知道她的年紀、名字。

總有一天，她會去見同時代出生的親人，但現在還不是時候。

又響起微弱的敲門聲。而且，接著響起某種有重量的東西在牆壁拖行摩擦般的聲音。

姥姥披上衣服打開門，看見臉色蒼白的女孩蹲在那裡。

「螢……！」

緩緩抬頭看著驚訝的老婦人的螢，露出虛弱的微笑。

「對不起，這麼晚來打攪……」

老婦人蹲下來，把手搭在螢的肩膀上。

「沒關係，快進來。夕霧呢？怎麼沒跟妳在一起……」

螢對察看四周的老婦人緩緩搖著頭說：

「我是偷偷溜出來的……因為夕霧絕對不准我離開宅院……」

老婦人把呼吸急促的螢扶進屋內。
她讓螢躺在木地板上，然後點燃地爐，代替燈火。
被燃燒火焰照亮的螢的臉龐，蒙上了接近死亡的陰影。
螢平靜地詢問全身僵直的老婦人。
「姥姥……我還可以活多久……？」
老婦人心痛地瞇起眼睛，發出沉重的嘆息。
「妳果然是來問這件事……」
「嗯。」
螢點點頭，整張臉糾結起來。
「因為……不知道……會很困擾。」
螢說話的聲音顫抖，交織著種種情感。
「我必須先決定……做得到的事……與做不到的事。」
撐起身子的螢，倚靠著老婦人，肩膀不停抖動。
「我是抱著覺悟來的，所以……」
用悲痛的神情抬頭看著老婦人的螢，眼裡沒有一絲的猶豫。
保護菅生鄉的神社被擊碎，裡面供奉的神直到現在都沒回來。

九流族的比古告訴她，原本供奉在神社裡的兩柱神，被囚禁在暗黑的水底下。而做出這件事的人，是個可怕的陰陽師。

比古說昌浩被那個陰陽師打得遍體鱗傷，暫時回京城的安倍家了。

傍晚襲擊鄉里的妖怪，就是那個陰陽師操縱的。這個囚禁神、破壞保護菅生鄉的結界、操縱那樣的妖怪的術士是誰，螢也聽比古說了。

從比古口中，說出了她無法相信也不願相信的名字。那個男人為什麼會那麼做？她怎麼想都想不通。

但是，既然投靠了敵方，就沒有比那個男人更可怕、更難應付的人了，讓她有種被潑了一身冷水的感覺。

螢使用大量的新止痛符和止血符，溜出了宅院。其實她被囑咐要安靜休養，但現況不允許她乖乖躺著。

為了防止智鋪眾的襲擊，所有鄉人都必須傾注全力。

螢有比自己的生命更重要的責任。為了扛起那些責任，她必須知道自己還剩多少時間。

「姥姥，求求您告訴我……」

「……」

夢見陰陽師緘默不語，輕輕撫摸螢的頭。
繼承首領血脈的人們，都是這樣。
他們扛著好幾個比自己本身更重要的責任、背負族人的使命、削減生命、燃燒靈魂、竭盡己力，就此度過終生。
螢決定如歷代首領那樣，拋開自己的情感。
在這一刻，螢毫無疑問就是帶領神祓眾的首領。
老婦人把臉湊到螢的耳邊說：
「四年……」
聽到敲在耳膜上的呢喃，垂著頭的螢張大眼睛。
「四年……」
她喃喃重複，像是在確認，又像是要把那句話銘刻在心。
閉上眼睛的夢見陰陽師，沉重地回她說：
「是的，維持現狀，什麼事都不要做，可以再活四年，但是……」
「我知道——」
抬起頭的螢，眼睛如無波無浪的水面般平靜。
「使用強烈的法術，就會縮短壽命……我知道，不用擔心。」

然後她重複說了好幾次不用擔心，沒多久就搖搖晃晃地站起來。

「我要回去了……」

夕霧可能很快就會察覺螢不在。

從小就是這樣。玩躲貓貓時，螢躲得再好，夕霧都找得到她。所以，螢可以安心地跑到其他人絕對找不到的地方，屏住氣息悄悄躲起來。

拖著纖瘦身軀走出去的螢，背影看起來比來時更虛弱。

「姥姥……」

螢停下腳步叫喚，老婦人眨了眨眼睛。

「怎麼了？」

紅色閃光撕裂黑夜。

螢以決然的眼神說：

「謝謝……有件事拜託您。」

「什麼事？」

「請不要告訴任何人，尤其是夕霧，絕對不能告訴他。」

神祓眾的人若是知道，就不會讓她做任何事。

她不想只是被那樣保護著，什麼也不看、什麼也不聽、什麼也不知道，屏氣凝神地混日子，只為了不要削減生命。

「我要如我所願地活著，如我所望地結束生命，不想被任何人阻撓。」

螢說得強而有力，夢見陰陽師問：

「螢，什麼是妳所願、妳所望？」

「……」

螢的眼皮微微震顫。

「……」

老婦人不由得倒抽一口氣。

「秘密……」

然後，螢微微一笑。

她說那是她一個人的秘密。

那個美麗的笑容，美到不像這世間所有。

◆　◆　◆

「——……」

令人窒息的沉默籠罩周遭。

兩對眼睛凝視著昌浩，連眨都忘了眨。

昌浩把雙手擺在盤坐的膝上，用若無其事的口吻接著說：

「原本……不該告訴我，但是……」

說可能會被管理人類壽命的那個人罵的姥姥的慈祥笑臉，閃過昌浩腦海。

「她還說不可以告訴任何人、不可以被察覺。沒錯，的確是這樣。」

小怪微微動了一下白色耳朵。

「離開姥姥那裡後，我一直在想該怎麼做，不知不覺走向了總領宅院……」

他察覺年幼的時遠發現他，正開心地向他跑來。在時遠背後，有剛才可能在陪時遠玩的螢，和在她身旁待命的現影。

菅生鄉平靜祥和，住在這裡的人都心性善良。

突然，他想到一件事。

全國都是這樣呢。有人在某處等著誰回來；有人要回到誰那裡；有人見到自己等待的人而開心不已；有人見到等待自己的人而安下心來。

有的是守護著孩子成長的父母；有的是向疼愛自己的父母撒嬌的孩子；有的是感情和睦的夫妻；有的是彼此開朗對笑的朋友同好。

自己也有比誰都思慕的人。

當時，閃過昌浩腦海的臉龐，是第一次見面時，還帶點稚嫩的天真無邪的可愛身影。

不知道為什麼不是目前的身影，而是以前的身影，說不定是因為第一次見面時，心就被她奪走了。

跑過來的時遠跳到他身上。他失去重心，抱不住孩子，不由得一屁股跌坐在地上。

慢慢走過來的螢，笑著說你在幹嘛啊，昌浩也笑著回說就是啊。

那個時候，昌浩已經下定決心要回京城了。

「我不希望這個世界消失……所以我回到了京城。」

說到這裡，昌浩嘆口氣，垂下了肩膀。

「這件事我一直瞞著所有人呢，冥官好過分……即使他說那是溫情，我還是覺得有點過分，不，是很過分、真的太過分了，枉費我拚命瞞了這麼久。」

小怪的白色耳朵微微顫動。

注視著昌浩的紅色眼睛閃閃發亮，彷彿在燃燒。

昌浩察覺到它的視線，詫異地偏頭問：

「小怪，你怎麼了……？」

晴明和勾陣都沉默地看著小怪。

剛才一直精神恍惚的小怪，注視著昌浩，終於開口了。

「五年……」

「什麼？」

昌浩緊皺眉頭，豎起耳朵仔細聽。

「五年……」

重複這句話的小怪，聲音清晰明確，昌浩終於聽懂了，點點頭說：

「啊，嗯，對，五年。」

聽到這句話的晴明和勾陣，臉上浮現疑惑的神色。

「五年……？」

「神祓眾的夢見師說五年……？」

被一再追問的昌浩，搞不懂怎麼回事，猛眨眼睛。

「是啊，五年。你們幹嘛啊……我能理解你們的心情，但是，被你們說那麼多次，我的心還是會有點痛啊……」

就在這個瞬間。

「——晴明。」

從小怪嘴裡發出令人莫名感到害怕的低吼聲。

「……」

晴明和勾陣都感覺到潛藏在低吼聲中的強烈情感波濤，片刻間驚慌失措。

「騰蛇……？」

「什麼事？紅蓮。」

恍如融入夕陽般的紅色眼睛，瞥了一眼如此回應的老人。

「那傢伙是怎麼說的？」

「啊？那傢伙？」

紅色雙眸閃過厲光。

「除了那個桀驁不馴、自私自利、愛找麻煩、把所有棘手的事都推給我們的心地、性格、脾氣、性情、嘴巴都爛到極點的男人外，還能有誰……！」

小怪用壓抑的語氣罵了一長串，晴明被它的氣勢壓倒，有點畏縮。

「啊……你是說冥官大人嗎？冥官大人說兩年……兩年？」

聽到晴明的喃喃重複，勾陣驚訝地張大眼睛。

從小怪身上冒出來的怒氣，也明顯地緩緩上升。

「昌浩……」

聽到可能會把在附近徘徊的小妖都嚇得瑟縮成一團的恐怖聲音，昌浩面不改色地將視線轉向它。

小怪的雙眼宛如兇神惡煞般往上吊。

「你明知道已經很短的壽命會被削減到一點都不剩，還去做這種事、那種事?!」

「——」

昌浩避開小怪的視線。

「你、你、你……、……!」

說不出其他話的小怪，聲音顫抖，全身打哆嗦。

那是對昌浩的憤怒，也是對自己難以壓抑的憤怒。自己明明就在他身旁，卻什麼也不知道，每次昌浩做什麼，還會為他感到驕傲。

它曾為他的成長感到高興。雖然很辛苦，但每次都能增進力量，學會使用更強大的法術，解決事情。

昌浩已經遍體鱗傷，卻還是覺得要超越那個安倍晴明還早得很，總是積極向前邁進。小怪一直以為自己在支撐、守護、協助著這樣的他。

事實卻是只看到表面，完全沒察覺昌浩正在削減壽命。

它痛恨自己的窩囊，對自己如此的無知憤怒不已。

「早知道……會變成……這樣……、……」

小怪痛徹心扉地低哼。

「我就……不要叫你……晴明的繼承人……」

「……」

昌浩露出被小怪顫抖的語氣刺傷般的表情。

看著小怪與小孫子的老人，面無血色，表情僵硬。

勾陣看著他們，終於明白了。

昌浩什麼都沒說，不是因為被禁止。

而是為了晴明、為了小怪、為了紅蓮。

晴明和紅蓮都看好這孩子會成為繼承人，對他有所期待。

這讓他背負了很多沉重的負擔。

看到他無論倒下多少次，都會瘋狂地爬起來的身影，他們即使心痛，還是會想：「啊，這孩子果然是獨一無二的繼承人。」同時感到喜悅。

連勾陣都是這樣，晴明和紅蓮對他的期待就更難以估量了。

所以，昌浩把這件事埋進了心底深處。

因為他不想讓他們覺得，是自己逼昌浩冒險犯難、是自己逼昌浩選擇了削減壽命的生活方式。

沉默許久的昌浩，冷靜地開口了。

「我……」

那個聲音淡定到出乎所有人意料之外。

「我問過姥姥，為什麼是我……」

晴明和小怪的表情，顯得比剛才更意外。

「因為我上面還有哥哥啊。」

除此之外，還有其他很多人。有其他繼承安倍血脈的人、有比自己更優秀的陰陽師、有比自己更有能力的陰陽師。

在這個世界上，還有很多比尚未成熟的自己更值得依賴的人。

昌浩依序望向勾陣、小怪、晴明。

「結果，姥姥說……」

夢見陰陽師的聲音在耳邊迴響。

——因為你是……

「她說……因為……我是安倍晴明的孫子。」

小怪愣愣地低喃：

「因為你是……晴明的……孫子……？」

昌浩點點頭說：

「是的，因為我是晴明的孫子。」

昌浩是在十七年前，誕生為安倍晴明的次子吉昌的第三個孩子。

這世上有所謂的命運。

早已注定的命運，有的可以改變，有的不能改變。

昌浩誕生為安倍吉昌的孩子、安倍晴明的孫子，現在站在這裡的昌浩，一直是以安倍晴明的孫子的身分活著。

這是不能改變的事，無論怎麼做都不能改變。

生為安倍吉昌的孩子、生為安倍晴明的孫子，是在誕生的瞬間就已經決定的絕不能改變的命運。

因為他是安倍晴明的孫子，所以要扛起那個任務。

雖然還有其他繼承血脈的人，但是，就是要由他來做。

夢見陰陽師這麼說，讓他想起一件事──

只有自己被稱為晴明的孫子。

棲宿在京城的小妖們，一直以來都只稱昌浩為孫子。

跟晴明在一起的時間比任何人都長的小妖們，只稱昌浩為孫子。

只有昌浩是孫子。

那麼，一定是。

所以，一定是。

出生時就注定是那樣的運勢。

既然是為了背負那個任務而出生，那麼，那就不叫命運，而是宿命。

命運可以改變，但是，宿命不能改變。

這就是這個世間的哲理。

偏離哲理，會產生扭曲。為了彌補因此產生的缺失，必須由昌浩之外的某人來背負這個任務。

然而，已經產生的扭曲，會帶來比當初更悲慘的命運，背負任務的某人勢必難逃那樣的命運。

而昌浩若是拋下應該背負的任務逃走，就再也回不去他原本所在之處。

也不能再見到住在他原本所在之處的人了。

命運不會善待逃走的人，所以，恐怕哪天他也必須離開神祓眾們的菅生鄉。搞不好還會因為某種原因被驅逐，再也不能靠近菅生鄉。

然後，昌浩可能會在比背負任務更痛苦、更難過的孤獨中，度過漫長到令人恐懼的人生。

那是沒有任何人跟他一起生活的孤獨。沒有獲得允許，想死也不能死。

就像那個尸櫻界的音哉。

那是昌浩可能變成的另一種模樣，是命運讓昌浩親眼看到了那個模樣。

偏離哲理活著，就是這麼回事。逃離應負的任務，就是這麼回事。

說不定連在遙遠的地方思念都不行，因為不可能被允許。

所以，他決定回京城，決定背負起任務。

但是，做這麼長的說明也沒有意義。

因為連昌浩都知道這個道理。

想必晴明、神將們也都知道這個道理，而且知道得比昌浩更詳盡、更深入。

是的，他們都知道。

所以，晴明沒有對昌浩說什麼。

不是不能說，而是不說。

因為說了也沒有用，他知道昌浩已經理解這是無法可想的事。

勾陣也是這樣。

小怪儘管全身顫抖，卻也知道無論說什麼都只是跟宿命硬拚，而且拚也拚不過。顫抖是因為太明白這件事，讓它產生強烈的憤怒。

忽然，昌浩腦中浮現那個美得令人哀傷的紫色櫻花飄落的情景。

「……」

在沒有人聽見的那棵櫻花樹下，昌浩說出了從沒告訴過任何人的願望和希望。

我的願望是跟妳一起生活。

我的希望是跟妳在一起。

當時，他已經有自覺，知道姥姥雖然說剩下的壽命是五年，但是，一定被削減了。

他知道。

地位不同、身分不同、存活的時間長短更不同。

這是不爭的事實。

既沒理由實現，也不可能實現。

所以他把願望和希望都埋在櫻花樹裡了。

因為知道不會實現。

如果可以實現，他也想如音哉把咲光映從命運中奪走那般，兩人一起生活。

但是，他很快就打消了這個念頭。

如果時間短暫，兩人一起生活也許會很開心。但是，光兩個人在一起，哪天一定會感到寂寞。

只擁有彼此，其實很孤獨，因為只能依賴對方。

不久後，依賴會變成執著，讓原本想要的相處模式在不知不覺中產生變化。

這就是讓音哉發瘋的真正原因。

感到孤獨就會覺得冷、覺得悲傷，再也笑不出來。

他不想讓她活在那樣的不幸中。

所以，他認為自己選擇的路一定沒有錯。

或許不正確，但是沒有錯。

「因為……爺爺的孫子就是這樣。」

昌浩笑了，眼神像個忍住不哭的孩子。

「沒辦法吧？」

「……」

小怪喘著氣，嘴巴不停地張張闔闔。

它很想說不要用沒辦法這句話來搪塞，然而，那是束手無策的事實，所以它一個字也說不出來。

「……、……！」

儘管如此，激烈的情感還是在胸口澎湃洶湧的小怪，咚咚跺腳。

心裡那股狂濤巨浪，不宣洩出來，根本無法平息。

閃閃發亮的白色火花從小怪全身噴出來，飄舞散落。

是壓抑不住的火焰鬥氣，轉化成光的粒子噴出來了。

察覺到的昌浩，眨眨眼睛，偏頭思索。

他覺得這個波動有點熟悉。

「對了……小怪，你竟然醒了呢。」

發生太多事，感覺離開京城已經很久很久了，但是，事實上並沒有那麼久。

十二神將騰蛇的神氣，應該已經徹底枯竭了。罪魁禍首是昌浩，所以他的判斷不會錯。

連第二強的勾陣，都花了很長一段時間才復原，擁有最強神氣的紅蓮，怎麼會在這麼短的時間內復原呢？

「咦……？這個波動……咦……？不對啊，可是……」

不可能的想法，否定了從記憶和經驗冒出來的答案。

再把視線轉向勾陣和晴明，看到的是兩人欲言又止的表情。

昌浩知道自己的推測是對的。

額頭冒出冷汗。

為什麼偏偏會變成這樣呢？他無法想像。

對了，他想起從尸櫻界回來後，去過一次貴船，之後就沒再去過了。

已經找出樹木枯萎的原因，並將原因排除這件事，必須去報告。

但是，那件事和這個火焰的波動，怎麼也連結不起來。

「呃，有點難以置信，可是……」

昌浩不理會小怪狠狠瞪過來的眼神，向它確認：

「這是……軻遇突智的火焰吧……？」

晴明和勾陣替怒目而視的小怪默默點頭。

果然是。

是逼死天津神的火焰。據說是貴船祭神從高天原降臨人間之際，父親伊奘諾命交給祂保管的火焰，怎麼會在小怪體內？

小怪的狀態跟以前昌浩拿到火焰時一樣，但是，昌浩辦完事後，火焰就從他體內消失了。

這個火焰對身為人類的昌浩來說太強烈了。

看著現在的小怪，昌浩才明白，當時高龗神只借給他必要程度的力量。

現在小怪體內的力量，比昌浩當時借來的力量更厚實、更強大。如果當時昌浩接收這樣的力量，恐怕會因為承受不起而丟了性命。

可是。

「為什麼……？」

昌浩不禁目瞪口呆，這時一陣風穿越結界吹了進來。

「嗯……？」

就在晴明詫異地細瞇起眼睛的瞬間。

《晴明——！》

十二神將白虎的叫聲直接刺進了耳朵深處。

◆　◆　◆

7

雷鳴轟隆作響。

接二連三響起轟隆聲。

每響一次，紅色閃電就會劃過滿天的烏雲。

從侍女房走到外廊的獨角鬼，望向瞬間被傾盆大雨淹成水池的庭院。

「哇……」

種植在竹三条宮的樹木，比起其他宅院，枯萎得並不嚴重。

但是，這裡原本歷年都會在這種盛夏時節綻放季節性花朵，現在卻看不到任何一片五彩繽紛的花瓣。

它想起負責照顧庭院的雜役曾抱怨說，都是因為沒有陽光。

「怎麼了？阿獨。」

猿鬼和龍鬼從侍女房走出來，獨角鬼回頭看著它們，表情凝重。

「一直是陰天，已經夠鬱悶了，還下起雨來，真受不了。」

把獨角鬼夾在中間並排站的猿鬼和龍鬼，仰望天空，愁眉不展。

「啊——看來雨暫時是不會停了。」

合抱雙臂的猿鬼說完，龍鬼也「啊」地回應。

「對了，阿龍，這場雨不會是因為你吧？」

「咦咦?!」

突然成為目標的龍鬼，驚慌地瞪大眼睛。

「這場雨才不關我的事呢！」

但是，猿鬼也拍手說：

「啊，對喔！沒錯，阿龍，就是因為你！」

猿鬼與獨角鬼互看一眼，點點頭。

「沒錯，一定是因為你。」

「是貴船祭神在生你的氣。」

聽完兩隻的說法，龍鬼全身僵硬。

「咦咦咦咦咦！！怎麼可能！我又沒做什麼惹貴船祭神生氣的事……」

話還沒說完，龍鬼就皺起眉頭，陷入了沉思中。

「我……沒做啊……應該沒有……」

但是，真的沒做嗎？

的確是自己拜託妖車去貴船祭神那裡，懇求祂說：「現在還搞不清楚是怎麼回事，但是，總之是發生了很嚴重的事，我們無能為力，晴明和式神們也都很虛弱，所以請幫幫我們。」

貴船祭神高龗神冷冷睥睨龍鬼，沒有說話。

最後，龍鬼被趕走，垂頭喪氣地回來了。

說不定高龗神其實是非常生氣的。

龍鬼越想越覺得是那樣，臉色逐漸轉白。

「怎……麼……辦……」

大大的三隻眼睛濕了眼眶，三顆淚水同時落下。

「我……我沒想到會……那樣啊……」

看到龍鬼撲簌撲簌掉下眼淚，慌張的猿鬼和獨角鬼拚命安慰它。

「對、對不起，阿龍！我們說得太過分了！」

「其、其實，神都很……不，不溫柔，完全不溫柔……啊，可是！這場雨只是湊巧！只是因為這幾天都陰天，所以才會下雨……」

突然傳來蓋過它們聲音的轟隆聲響。

「哇！」

被撕裂空氣的力道迎頭擊倒的小妖們，清楚看見紅色閃電劈向了竹三条宮的北側。

小妖們的耳朵，捕捉到與雷鳴重疊的某種硬物被破壞的聲音。

那個方向有好幾間倉庫，以及雜役們生活起居的房舍。

「劈下來了……」

「劈在倉庫的屋頂嗎？」

「我去看看。」

從渡殿衝過去的猿鬼，很快就蒼白著臉回來了。

「怎麼了？」

「烏鴉！叫烏鴉來！快……！」

「咦？」

龍鬼和獨角鬼一頭霧水，面面相覷，猿鬼急得自己跑向了主屋。

兩隻不約而同地跑向落雷的方向。

沿著渡殿，經過屋簷，跑到院內北側的兩隻，看到意想不到的光景，倒抽了一口氣。

某種黑色的東西，沿著包圍竹三条宮的泥牆蠢蠢鑽動。沒多久，那些東西凝聚成一團，變成頭上長著角的妖魔，還有枯枝般的四肢。

黑色東西不斷變出妖魔的模樣，變完後再繼續噴出黑色東西。

這座宮殿應該有風音沿著泥牆布下的結界，晴明還做了補強。

那些妖魔密密麻麻地貼在那個結界護牆上，窺視裡面的狀況。

其中一隻妖魔忽然往上看。

小妖們也跟著它的視線往上看。

雷光再次劃破黑雲，紅色光芒照亮了結界護牆。

「啊……！」

指向天空的獨角鬼大驚失色。

以半球形狀覆蓋竹三条宮的結界，在倉庫的正上方出現了龜裂。是剛才劈落的雷，戳破了結界。

妖魔們指著那道龜裂，在結界上往上攀爬。

「烏、烏鴉！快叫烏鴉來……！」

驚慌失措的龍鬼低聲叫嚷，現在才知道剛才猿鬼要說的原來是這件事。

妖魔到達龜裂處了。但是，洞沒有大到可以讓妖魔通過。妖魔把手伸進龜裂裡，企圖把洞撬開。

無數隻妖魔聚集在龜裂處。構成結界的風音與晴明的靈力，化為白色閃光，匯集在龜裂處，爆出更強烈的光芒。

靈力的閃光纏住妖魔們的手和身體，冒出火花。但是，妖魔們並不在意，即便手已經千瘡百孔變形了，還是繼續撕扯結界護牆。

沒多久，結界被撬開了一隻妖魔可以通過的洞。

「啊……！」

臉色發白的龍鬼和獨角鬼大叫時，妖魔已經陸陸續續侵入了結界內。

跳下來滾落地面的妖魔，像球一樣彈跳起來，貼在雜役們的房舍上，宛如蜘蛛般爬過牆壁，消失在屋內。

半晌後，響起尖銳的慘叫聲。是來自雜役房舍。

「怎麼了……」

嚇得腿軟的龍鬼和獨角鬼，猶豫著要去烏鴉所在的主屋，還是要回去藤花所在的侍女房。

又傳來了粗大嗓音的叫喊聲。

在這樣的恐懼當中，已經有好幾隻妖魔從撬開的龜裂跳下來了。

小妖們面面相覷。

再不處理那個龜裂，妖魔不斷進來，一定會對宮裡的人做出可怕的壞事。

說實話，對龍鬼和獨角鬼來說，在竹三条宮服侍的侍女、雜役、下女等，都是微不足道的人，發生什麼事也無所謂。

他們看不見小妖們，也聽不見它們的聲音。說不定，連那些妖魔都看不見。

但是，他們是服侍內親王脩子的人。他們服侍的是誠摯、賢慧、內心寂寞卻試圖讓自己堅強起來的令人疼愛又溫柔的公主殿下。

小妖們喜歡脩子，希望脩子能得到幸福。

說起來，就是為它們取名字的藤花之外，另一個值得它們庇護的人。

能讓小妖們如此仰慕的人，實際上並不多。

而且，她有皇家的血脈，在女性當中也是身分最高的存在。

脩子很重視在竹三条宮服侍的所有人，她知道即使沒有直接接觸，也是因為有這些人，自己才能過著便利無礙的生活，她早已有這樣的自覺。

龍鬼緊緊握起雙手。

「我去那裡。」

「咦，阿龍！」

「你回去藤花那裡。」

藤花發高燒，徘徊在夢與現實之間。

那樣的妖魔闖入侍女房，會危害到藤花。

「唔……我知道了。」

獨角鬼快速轉身，往前奔馳。

雷光把周遭染成一片紅色。

轟隆聲撼動地面，滂沱大雨傾瀉而下。

通往侍女房的渡殿，已經被潑進來的雨浸濕了。雨水使地板濕滑，行走困難。

「唔哇！」

滑倒的獨角鬼，臉栽進了積水裡，啪吵濺起飛沫。

「唔唔……」

皺起受到嚴重撞擊的臉，正要爬起來的獨角鬼，聽見正後方響起踩水聲。

就在它倒抽一口氣回過頭的同時，一隻妖魔從它頭上跳過去。

濺起水花著地的妖魔，晦暗的眼球閃著厲光，直直奔向裡屋。

「等、等等！」

獨角鬼慌忙站起來，妖魔趁隙侵入了裡屋。

「等等！我叫你等等啊……！」

獨角鬼覺得全身發涼。

不能讓妖魔往前跑。

再往前只有侍女房。

藤花一個人在那裡睡覺。

一直在夢裡徘徊的藤花，受到宛如被轟隆聲響痛擊全身般的震撼，張開許久未曾張開的眼睛。

「……？」

她緩緩環視周遭。

可以聽見劇烈的雨聲，還有駭人的雷電不斷轟隆震響。

面向外廊的一扇格子板窗被掀起來，並拆掉了下方的格子板窗。一直關著空氣會不流通，所以，應該是有人替她掀起來了。

紅色閃光從隔開外廊與侍女房的竹簾縫隙照進來。
第一次看到紅色閃電，藤花沒來由地感到害怕。
又濕又重的風鑽進了侍女房。
「……」
藤花的眼皮顫動起來。她的眼睛清楚看見，黑濛濛的東西隨著風闖進來了。
頭腦還來不及反應，就先心驚膽顫了。
「猿、鬼……」
她從喉嚨擠出因發燒而顫抖嘶啞的聲音。
「龍……鬼……獨……角……鬼……」
平時，一定會有誰陪在她身邊，現在卻沒有聲音回應她的叫喚。而且，附近連小妖們的妖氣都感覺不到。
究竟去哪兒了呢？
意識模糊的藤花滿心疑惑，翻轉仰躺的身體，試著用手肘撐起身體。
但是，引發強烈暈眩，只好趴在褥墊上。
喘息好一會兒後，她放棄站起來，用兩手支撐身體往木門爬行。
顫抖的手一推開木門，就灌進了潮濕的強風。

她不由得倒抽一口氣，用手遮住風。
痛擊般的強烈雨勢，化為細細的飛沫，拍打在藤花的臉上。
背脊掠過一陣寒顫，是毛骨悚然的那種戰慄，而不是發燒引起的哆嗦。
她靠著柱子環視周遭。
凌厲的紅色閃光，劃過滿天的烏雲。緊接著，疾雷聲震耳欲聾。
雖是暗夜，雨勢卻宛如從天上往地上傾倒的濁流，把視野染成了白色。
「啊……」
過分的恐懼，使她頭暈目眩。被湧上來的潮濕的風包住，呼吸困難。
抓著柱子的手因為雨而滑動。
藤花發現肌膚一碰觸到雨，就變得異常冰冷，令她驚恐不已。
這場雨好詭異。光是觸摸到，身心就會冷卻凍結，是來歷不明的雨。
忽然，腦中閃過逐漸枯萎的樹木。
不知道為什麼，她總覺得那些氣枯竭的樹，跟這場雨一樣。
這場雨的氣也枯竭了，是污穢化成雨降落地面。她就是有這種感覺。
「怎麼會這樣……」
紅色光芒撕裂白色黑暗，轟隆聲重重敲打地面。

那光景彷彿世界末日。

靠在柱子上喘息的藤花，感覺聽見微微的慘叫聲，眼皮震顫起來。

「剛才……那是……」

好像是從北側的雜役房舍傳來的。

藤花臉色發白。她記得有幾個侍女和雜役，因為不明原因的病倒下。這個病會發燒不退、咳嗽，不久後吐血。

就是脩子罹患的病。

聽說得到這個病的人，會劇烈咳嗽併發吐血，沒多久就氣絕身亡了。

她不記得是在哪裡聽說的，說不定是夢裡。

即使是在夢裡聽說的，吐血的人會死亡也是事實。

吐出大量的血和白色蝴蝶後倒下的脩子的模樣，在藤花腦中縈繞。

「唔……！」

藤花不由得掩面而泣，肩膀顫動。

她知道脩子還能活著，是因為風音用自己的生命替代魂線，全力防止脩子被那個喪葬隊伍帶走。

忽然，藤花倒吸一口氣。因為發燒而意識模糊的藤花，發現有雨聲和雷聲之外的奇妙喘息聲鑽進耳裡。

她用含淚的眼睛環視周遭。

視野裡只有傾瀉而下的大雨和紅色雷光。

還有，在白色黑暗邊緣鑽動的黑色物體。

她的目光赫然掃過那裡。

發現纏繞著又重又黏的風的黑色物體，正用比黑暗更黑的眼球凝視著自己。

那些向瞠目結舌的藤花逼近的東西，漸漸出現清晰的輪廓。

頭上長著角的那個東西，是被稱為鬼的異形妖魔。它的四肢像枯木，只有腹部突起，瞪視的眼睛炯炯發亮。

看得出來它黑亮的眼睛正在嗤笑。

藤花不寒而慄。

心想非逃走不可，身體卻不聽使喚，動彈不得，彷彿被那雙黑眼睛放射出來的鬼氣綁在那裡了。

鬼慢慢靠近，把枯枝般的手伸向藤花。

嚇得她膽顫心驚，卻沒辦法移開視線，也沒辦法閉上眼睛。

全身嘎答嘎答顫抖，連呼吸都無法控制。

貼在柱子上的左手，突然映入眼簾。在黑暗中，手腕的部分不可思議地從整隻白皙的手明顯浮現出來。

可以清楚看見戴在手腕上的瑪瑙手環。

心臟撲通撲通跳動。

鬼的手觸及藤花的額頭。

剎那間，響起某種東西碎裂般的尖銳聲音，同時，藤花看到鬼被彈飛出去，連翻好幾個筋斗倒下。

穿過瑪瑙的皮繩斷裂飛散，鬆開的瑪瑙滾落地面。

藤花只能屏氣凝神，注視著正好滑向鬼倒下之處的瑪瑙。

爬起來的鬼，腳碰到了瑪瑙。

鬼發出無法形容的淒厲叫聲，衝進瀑布般的大雨裡，消失不見了。

片刻間，藤花無法動彈。

她不停重複凌亂的呼吸，凝視異形消失的白色黑暗，生怕那隻鬼再次來襲。

雷鳴轟隆，紅色光芒灼燒視野，她感覺附近有落雷。

耳膜受到衝擊，引發耳鳴。激烈如瀑布般的雨，看起來好像柔韌地扭曲了。

侍女房所在的對屋，環繞屋子的外廊全濕透了，到處都是積水。

模樣像顆球的小妖，濺起積水衝過來了。

「藤花！」

在到處積水的渡殿與外廊上奔馳的獨角鬼，不時滑倒翻滾，濺起水花，再爬起來繼續跑。

它想在藤花前面停下來，卻因為力道過強，腳煞不住，在滑不溜丟的外廊上翻滾，狠狠撞上了高欄。

「唔唔唔……」

它按著受到強烈撞擊的臉，噙著淚回過頭來，環視周遭。

「是不是有什麼東西來過？藤花。」

被詢問的藤花，僵硬地點點頭。

「那……個……妖魔……」

藤花說得斷斷續續，獨角鬼跳起來，跑到她身邊，抓住她的手。

「妳沒事吧?!有沒有哪裡不舒服、哪裡痛?!」

小妖緊張地問，藤花努力向它點個頭，轉移視線。

看到泡在外廊積水裡的瑪瑙，她移動僵硬的四肢，硬是往那裡爬行。

單衣的袖子和下襬都被水浸濕形成污漬，但是她管不了那麼多了。

她把手伸向淋著雨的瑪瑙，撿起變得冰涼的瑪瑙，揣在胸前。

同時，淚流滿面。

這個瑪瑙是第幾次救了自己呢？

誠如以往的約定，即使他不在身邊，也會保護著自己。

獨角鬼看到外廊上的積水不斷擴大，已經逼近蹲坐在那裡的藤花，就拉著她白色單衣的袖子說：

「藤花，最好進去侍女房。」

轉頭看向獨角鬼的藤花，冷得直發抖，對它點點頭。

她緊抓著瑪瑙，避開積水，扶著高欄走向侍女房。

滂沱大雨從屋簷打進來，瞬間淋濕了藤花的頭髮和肩膀。她感覺氣力、靈力都隨著體溫從淋濕的地方退去，強烈的暈眩不斷襲來。

光著的腳的腳尖，碰到積水的邊緣，就覺得異常冰冷，令人心驚。

狂潑進來的雨水量，多過從外廊流進來的。

簡直就像在水濱。

好不容易回到侍女房入口的藤花，扶著柱子氣喘吁吁。

強忍著不讓自己蹲坐下來。

終於進入侍女房跪坐下來時，濕透的全身籠罩在異常的寒冷之中。

「藤花，妳的臉色好蒼白。」

藤花看著獨角鬼，不由得笑起來。小妖的臉沒有顏色，她卻覺得它的臉也發白了。

「我……沒……事……唔！」

忽然，她轉過頭，用濕透的袖子摀住嘴巴。劇烈的咳嗽從喉嚨深處湧上來。

「唔……唔……唔……」

她抓著瑪瑙，把身體彎成く字形，咳得非常嚴重。

獨角鬼看到她咳得那麼厲害，想起脩子的狀況，啞然失言。

紅色閃光灼燒四周，迅雷重重劈在小妖心上。

「怎麼……辦呢……」

思緒大亂，眼神飄忽不定的獨角鬼，淚汪汪地低喃。

「晴……明……」

在這裡守到筋疲力盡，所以先回家休息的陰陽師，如果在場的話，就不會讓那麼可怕的妖魔們入侵。

「獨……角……鬼……」

聽到完全嘶啞的叫喚聲，小妖含淚回應。

「什麼事？藤花。」

呼吸困難的藤花，拜託獨角鬼幫她拿水來。

小妖點點頭，衝出侍女房。

藤花望向小妖跑出去的門，打了個寒顫。

污穢的雨漸漸在外廊和庭院形成積水，污穢的水將會包圍宮殿。

自己會不會被逼入污穢的水濱呢？

藤花邊顫抖，邊將握著瑪瑙的手貼放在胸口上。

他即使不在身旁，也會保護自己。然而，在這個恐怖的夜晚，她不禁想要他陪在身旁，想得快瘋了。

忽然，她好像聽到從遙遠彼方傳來的美麗歌聲。

「……──」

意識彷彿被蒙上一層霧，精神突然變得恍惚。

藤花當場癱倒下來。

不久後回來的獨角鬼，看到穿著濕透的單衣昏倒的藤花，發出慘叫聲。

瑪瑙從藤花半開的手裡滾出來。

藤花就那樣沉入了甜美、溫柔的夢境深處。

藤花再醒時，才知道在那場激烈的雷雨中，有侍女、雜役和兩名下人氣絕身亡。

他們都是患病後一直躺著的人。

◆　◆　◆

待在天空旁邊的太陰，在生人勿近森林接收到風，瞠目結舌。

「白虎?!」

那道風帶來了應該是在愛宕鄉的同袍的吶喊。

側耳傾聽的太陰，臉色漸漸轉白。

「怎麼會……」

只有風將能傳送風，但是，所有神將都能接收風。

與太陰一樣接收到風的天空，閉著的眼皮震顫起來。

「什麼……！」

那道風說，在尸櫻界蹂躪追殺神將們的邪念，出現在天狗棲宿的愛宕鄉，正步步逼向封印惡神的聖地。

住在鄉里的天狗們，逃進總領宅邸，布下結界，防禦邪念。但是，構成保護牆的玄武的神氣和天狗的妖氣，會被邪念吞食。再這樣下去，當力量用罄，邪念就會破壞結界，大舉入侵。

白虎的風說，要消滅黑膠邪念，只能用火焰淨化。

《盡快靠太陰的風，把朱雀送過來……！》

語氣已經充分說明狀況有多麼急迫。

「我得走了……」

臉色蒼白、喃喃低語的太陰，突然想起一件事，張大了眼睛。

白虎要求把朱雀送過去，可是，朱雀並不在這裡。

「天空。」

太陰轉頭詢問：

「朱雀呢？他去了道反聖域吧？幾時回來?!」

天空對逼近的風將搖搖頭說：

「朱雀把六合送去道反聖域後，就留在那裡替昌浩索取勾玉。從道反女巫那裡拿到勾玉，應該會馬上回來，但是……」
也就是說，在拿到勾玉前不會回來。
太陰愣住了。
「怎麼會這樣……」
那麼，不是完全無法知道他什麼時候回來嗎？
天空面對臉色蒼白到毫無血色的太陰，把拐杖前端指向森林外。
前端所指的西南方，是晴明的對屋所在的方位。
太陰眨眨眼睛。
「咦……？」
看到同袍疑惑地皺起眉頭，天空鄭重地對她說：
「現在就有一個火將在那裡。」
而且，他是最強的十二神將，能操縱比朱雀強烈許多的酷烈火焰。
太陰在意會到天空要說什麼的同時，全身也僵直起來。
「咦……」

8

不是只有晴明接收到白虎的風。

同袍迫切的吶喊聲，也扎進了小怪和勾陣耳裡。

在大驚失色的晴明面前，只有昌浩一個人被摒除在外，困惑地眨著眼睛。

「爺爺，怎麼了？發生了什麼事……」

晴明正要說時，太陰從通往外廊的木門探出頭來。

「呃，晴明……」

神將戰戰兢兢地叫喚，晴明對她點點頭說：

「嗯，我聽見了。」

太陰躲在柱子後面環視屋內，看到盛氣凌人的小怪，馬上繃緊了臉。

小怪瞥一眼倒抽一口氣的同袍，甩甩長尾巴，回頭對老人說：

「怎麼辦？晴明。」

「朱雀還沒從道反回來。」
「道反？」
看到小怪想不通而皺起眉頭，勾陣也滿臉疑惑，晴明詫異地眨眨眼睛。
「對了……你們都不知道。」
晴明簡單扼要地告訴他們，成為樹木枯萎原因的柊眾後裔的最終下場，以及與這件事密切相關的幕後指使者智鋪眾的事。雖然是由晴明告訴他們，但是，晴明本身也是從太陰的報告知道這些事，並未親眼看到。
這時候小怪才知道，昌浩為了讓被砍成兩半的藤原敏次的魂虫復活，採取了什麼行動。
張大嘴巴注視著晴明的小怪，半晌後緩緩轉向昌浩。
看到昌浩正要悄悄溜出對屋，小怪吊起眉毛大叫：
「昌浩……！」
低沉恐怖的嘶吼聲，讓人產生被抓住脖子的錯覺，昌浩不得不停下來。
勾陣看起來也是滿臉兇惡。
太陰依序掃視臉色發窘的昌浩、模樣像兇神惡煞的小怪、滿臉不悅的勾陣、表情險惡的晴明，發現屋內的氣氛特別沉重，有點瑟縮不安。

「怎……怎麼了……？」

在生人勿近森林瞬間窺見一眼時，小怪並沒有這麼生氣。

剛才不在森林裡的勾陣，也散發著帶刺的氛圍。

「啊……」

太陰眨了眨眼睛。

她想起自己把皇上和敏次的魂虫帶回京城時，小怪還沒醒來，勾陣也消耗了大半的神氣，在生人勿近森林就昏倒了。

「勾陣，妳醒了啊？太好了。」

聽到同袍安心的聲音，勾陣眨一下眼睛，默默點個頭。

這時候，昌浩感到疑惑。

「咦？醒來？」

昌浩去阿波時，勾陣的神氣應該已經從枯竭恢復了不少。

「發生了什麼事？」

太陰歪著頭說：

「我有一次回來，看到她神氣不足，還在睡覺呢……咦？對啊，為什麼？」

勾陣看著終於察覺到哪裡不對的太陰和神情疑惑的昌浩，皺起了眉頭。

「啊……我想起來了，你們那時候在阿波。」
這時小怪不解地問：
「阿波？我昏迷時發生了什麼事？」
「啊，就是嘛，我也以為小怪短時間內不會醒來呢。」
「那是……」
欲言又止的小怪，滿臉都是無處可發洩的憤怒。
晴明對搞不清楚狀況的所有人說：
「你們先彼此報告近況。」
「啊？」
聽到突如其來的指示，小怪和昌浩同時叫出聲來。
「我還有事要做，在我做完之前，你們去那邊談。好了，去吧。」
晴明說的那邊是指外廊，被催促的所有人不情願地往那裡移動。
阻斷聲音的結界，一直延伸到外廊的外側。確定在這裡說話不會傳到父母的房間，昌浩才鬆了一口氣。
太陰躲在坐下來的昌浩背後，從昌浩肩膀偷看小怪的模樣。
坐在勾陣旁邊的小怪，傾注全力表現出它強烈的不滿。

迅雷轟隆作響。

眼神呆滯的小怪低嚷：

「完全搞不懂是怎麼回事，究竟怎麼了？現在是怎樣？」

昌浩與勾陣彼此對看。

回想起來，在他們之中，知道訊息最少的人是紅蓮。他為了祓除京城的污穢，耗盡所有神氣打造出通往尸櫻界的路，最後陷入昏睡狀態。

昌浩回溯記憶。自從敏次吐出鮮血和白色蝴蝶的魂虫後昏倒以來，發生過太多事，感覺已經過了很久了。

但是，仔細想想，從敏次昏倒到現在，不過半個月。

昌浩不寒而慄。

不好的事情接踵而來，讓人連喘息的機會都沒有。不對，是被人設計的。

雷鳴轟隆作響，紅色閃光染紅四周，彷彿在嘲笑產生恐懼的昌浩。

有意識地深呼吸後，昌浩開口說：

「呃，你不是把京城的污穢送去了尸櫻界嗎？那之後沒多久，颯峰來了……」

他依序陳述之後發生的事。

在小怪倒下後，他查出很久很久以前，榎岦齋在地底深處埋下了虛假之門

「留」，那個門是用來隱藏真正的黃泉之門。

接收京城污穢的尸櫻界，後來整個被供奉為神，名為櫻咲早矢乙矢大神。

天狗的愛宕鄉受到影響，聖域的封印出現了扭曲。在異境聖地，有個可怕的惡神被猿田彥大神的力量封印住，但是，那樣下去封印會被破壞。

為了防止這件事，颯峰來請昌浩和晴明協助，所以晴明派太裳、白虎、玄武三名神將前往。

皇上的魂虫也跟敏次的魂虫一樣，被智鋪眾搶走了。

螢的式來到安倍家，告知智鋪眾的根據地在四國的阿波，冰知為了找出樹木枯萎的原因，在那裡失去了音訊。樹木枯萎的原因，似乎也在阿波。與冰知扯上關係的出雲九流族的後裔和妖狼，身負重傷地出現在菅生鄉。螢等神祓眾保護他們，並通知與他們是知己的昌浩，希望昌浩可以來一趟菅生鄉。

收到通知的昌浩，與太陰、六合共赴菅生鄉，見到了比古和多由良。

比古也一起前往阿波，在柊眾之鄉大戰智鋪祭司和柊眾後裔菖蒲。

取回了被他們奪走的敏次與皇上的魂虫。那時候，敏次的魂虫被智鋪祭司揮劍砍成兩半，所以與櫻咲早矢乙矢大神調換死亡的命運，讓敏次復活。

聽到這裡，小怪的表情變得很可怕，但是，昌浩不理它，淡淡接著說。

因為負荷超越想像，道反女巫賜予的道反勾玉碎裂，所以朱雀前往道反聖域索取新的勾玉。此外，在與智鋪祭司的交戰中，六合被膠的邪念奪走神氣，陷入昏睡狀態，所以朱雀把他一起帶去道反聖域，好讓他快點復原。

智鋪祭司其實是其他某種東西潛入了九流族真鐵的宿體。

昌浩等人遍體鱗傷，暫時移往菅生鄉。

雷劈中菅生鄉，神社被炸飛，神忽然消失了。

智鋪眾操縱大群妖怪襲擊了菅生鄉。智鋪祭司與小野時守的魑魅一起出現，把螢打成了重傷——。

每說一件事，當時的情景和情感就會重現，攪亂心情。

聽到害昌浩受重傷的是協助智鋪眾的人，小怪的雙眸閃過厲光。

太陰的手伸向了昌浩的肩頭。昌浩轉頭瞥一眼太陰，無論如何都說不出協助智鋪眾的人的真正身分。

「然後……我們就從生人勿近山，經過境界狹縫，回到了這邊的森林。」

境界狹縫裡，有隻負責為闖入者帶路的白色烏龜，那是昌浩的父親吉昌小時候收為式的烏龜。

「情形大概就是這樣……勾陣在我們去阿波後怎麼樣了？」

被問到的神將合抱雙臂，露出深思的表情。

昌浩臨去阿波前，把藤原文重和他妻子柊子的事，交給了風音。

風音前去他們的九条府邸，被打傷了。九條府邸和大群黑虫，都被疑似柊子所放的火燒毀了。

這件事勾陣並非親眼目睹，而是從風音說的話中推敲出來的，所以她又補充說可能不完全正確。

風音和勾陣發現件的預言是咒語。件會對有能力的人施咒。也就是說，除了藤原敏次、小野時守、榎岦齋、尸櫻界的屍之外，可能還有其他人被施咒。

說到這裡，昌浩插嘴說：

「啊！螢就是，她一直很痛苦。」

「什麼？」

勾陣感到驚訝，但也明白了一件事。件果然會對有能力的人、可能成為智鋪眾阻礙的人施咒。

柊子的火焰沒能燒掉所有的黑虫，所以，風音使用勾陣的神氣掃蕩了剩下的黑虫群。因為這樣，勾陣的神氣又枯竭了，把昏倒的風音送到安倍家就筋疲力盡了。

在昌浩背後聽的太陰，這時候才知道，原來勾陣是因為這樣又陷入昏睡中。但是，既然這樣，為什麼會醒來呢？時間應該還沒久到可以恢復消耗的神氣。

似乎也有同樣疑問的昌浩插嘴說：

「是爺爺做了什麼讓勾陣復原嗎？」

勾陣畢竟是十二神將的第二強鬥將，內在神氣不是一般強勁。她從尸櫻界回來後的狀態，足以證明她的神氣不可能輕易復原。

勾陣搖搖頭說：

「不是……」

然後瞄一眼小怪。

白色異形滿臉無處可發洩的怒氣，沉默不語。

追逐勾陣視線的昌浩，發現她的視線落在小怪身上，皺起了眉頭。他凝神注視小怪，忽然察覺一件事。

小怪身上的軻遇突智火焰，從白毛紛紛飄出類似螢火蟲光芒的磷光，又消失不見，那是軻遇突智火焰的碎片。即使變成白色異形的模樣，把神氣完全壓下來，那股力量還是強到溢出來。

「難道……小怪會醒來，是因為軻遇突智的火焰把枯竭的神氣完全補回來了……？」

「──」

小怪以沉默回應昌浩的低喃，是勾陣給了答案。

「沒錯。」

昌浩終於想通了。

原來如此，這個火焰的確能取代十二神將最強的神氣。那是在神治時代殺了母神的天津神的火焰，應該也很適合身為火將的紅蓮。

但是，還有一件事想不通。這個火焰應該是貴船祭神高龗神的父神，交給了高龗神保管。

「你們去了貴船？」

看到勾陣默默搖頭，昌浩瞠目結舌。

「咦……不會吧，難道是高龗神降臨我們家……？」

小怪的太陽穴跳動一下。勾陣又默然點頭，緩緩張嘴說：

「我聽在場的天空說，祂突然降臨，就默默往騰蛇揮下了火焰。」

「為什麼……」

昌浩啞然無言，勾陣歪著頭說：

「不知道呢，高龗神什麼都沒說就走了，詳細情形不得而知。」

也可以想成是祂察覺危機，於是助他們一臂之力。

但是，他們都知道，祂不是那種助人完全不求回報的神。

以後大有可能會對他們提出什麼要求。

「接收軻遇突智火焰的騰蛇，爆發彌補神氣後還綽綽有餘的力量，我是被那些餘波喚醒的。」

小怪依然繃著臉保持沉默。

「哦……」

昌浩和躲在他背後的太陰，都瞪大眼睛發出感嘆聲。

這個火焰竟然能夠讓最強與第二強的神氣同時復活，可見天津神的神通力量多麼強大。

昌浩恍然大悟地說原來如此，太陰也從他背後出聲說：

「那麼……騰蛇和勾陣現在都完全復原了？」

勾陣低頭看小怪。小怪瞥她一眼，表情嚴肅。

枯竭的神氣是復活了，光由這點來看，或許可以說完全復原了。但是，很遺憾，無法保證可以完全駕馭這個軻遇突智的火焰。

看著臉色沉重的小怪，昌浩想起還有他們不知道的事。

「勾陣回到這裡就昏倒了嗎？」

「嗯，算是這樣吧。」

「那麼，還沒聽說關於公主殿下的事吧？」

「沒時間聽……出什麼事了？」

「我也是收到爺爺的式才知道的……」

關於竹三条宮的變故、內親王脩子吐出鮮血和白色蝴蝶的魂虫後倒下。

脩子的魂虫被宮裡的侍女菖蒲帶走了。菖蒲其實是黃泉的部屬，又稱為黃泉醜女、泉津日狹女。

魂虫是連結宿體與魂的魂線。被奪走魂線的脩子瀕臨死亡，是風音用自己的魂取代魂線，綁住了快要離開宿體的魂。

奪走敏次、皇上、脩子的魂虫的疾病，正在京城蔓延。

「──……」

一直默默聽昌浩說話的小怪，劈啪甩了一下長尾巴。

「也就是說……」

它搖晃著白色耳朵，面色凝重，陷入沉思。

「必須把內親王的魂虫送回宿體，否則風音會死……」

昌浩彷彿被潑了一身冷水。

「咦……」

夕陽色的眼眸直直仰視昌浩。

「沒有魂虫，魂就會脫離宿體。風音那傢伙不是用自己的魂來取代魂線嗎？那樣並不能永遠把魂綁住。」

總會有到達極限的時候。當魂線斷裂，魂脫離脩子的身體，宿體就會死亡。這也意味著風音用來取代魂虫的魂，將會油盡燈枯。

小怪的語氣變得低沉、僵硬。

「智鋪從很早以前，就開始進行他們的陰謀了。所以，把內親王命危、風音就會捨命救她這件事列入計畫裡，也不奇怪。」

對智鋪眾來說，道反公主風音也是麻煩的存在之一。不剷除她，將來必定會成為他們的阻礙。

意想不到的指點，讓昌浩臉色發白。

「那麼，要快點取回魂虫才行……」

昌浩正要站起來時，從屋內傳來晴明的聲音。

「紅蓮、勾陣。」

不只被叫到名字的兩人，昌浩和太陰也跟著返回屋內。

「什麼事？晴明。」

晴明把約三寸大的金色星形物交給眼神發直的小怪。

用兩隻前腳接過來的小怪，以眼神對晴明說：快告訴我詳情。

昌浩探頭望向小怪前腳裡面。看似星形的東西，是由好幾個三角形組合起來的，怎麼看都像是六芒星的光的籠子。

太陰、天滿大自在天神、小野時守，就是被關在大型的這種籠子裡。

仔細看，中間有螢光般的東西，可以感覺到 那東西被晴明的靈力鎮住了。

昌浩探索那東西釋放出來的波動，疑惑地低喃：

「是法術……？」

晴明沉著地點頭說：

「我沒辦法去異境之鄉，所以把必要的法術封進了這裡面。」

在愛宕鄉的聖域，封印的力量正逐漸流失。那是神治時代，猿田彥大神用來封印惡神的力量。

晴明認為，那股力量能維持至今，除了靠神的神通力量之外，還要不斷注入守護那個地方的天狗們的妖力。
膠的邪念會獵食天狗們的妖力，並吞噬猿田彥大神的神通力量。搞不好，連防禦它們入侵的神將們的神氣，都會被吸乾抹淨。所以，即使威脅退去也不能安心，在天狗們復原之前，必須做好防備。
邪念是陰氣的具體呈現。如白虎所說，要將濃密的陰氣從愛宕鄉徹底清除，只能靠火焰的淨化。
或者，靠法術驅散陰氣。
晴明若是完全復原，就可以來愛宕鄉驅散陰氣。但是，晴明現在沒有那樣的體力。
真的很遺憾，「老」確實讓晴明逐漸衰弱。
不過，衰弱的是身體，靈力依然健在。至少，晴明自己是這麼認為的。
晴明平靜地注視著十二神將的最強與第二強鬥將，嚴肅地下令：
「紅蓮，你去愛宕鄉，燒光膠的邪念。勾陣，邪念被消滅後，妳在聖域啟動這個法術。」
「知道了。」
兩名神將回應。

「邪念會讓天狗們筋疲力盡，在他們恢復之前，應該可以靠我的法術維持。」

面對晴明的視線，勾陣點頭表示明白了。

「那麼，在天狗恢復之前，白虎他們就留在愛宕鄉嗎？」

「是啊，那裡萬一發生事情，必定會波及人界，無論如何都要避免。」

儘管紅蓮和勾陣已經復活，戰力還是不足。若是在這時候發生什麼大事，無法保證可以防禦。

「太陰，把他們兩人送去愛宕。」

「咦！」

看到太陰臉色發白低嚷，晴明嘆著氣補充說：

「把他們送到，妳就可以馬上回來。」

集鬥將們的視線於一身的太陰，表情僵直地回應：

「知……知道了。」

小怪把光的籠子交給勾陣，站起來。

「走吧。」

看到三人走向外廊，昌浩也反射性抬起屁股要站起來。

「啊，等等，我也……」

小怪和勾陣猛然停下腳步。

感受到暴躁如雷的氛圍而轉身看向同袍的太陰，倒吸一口氣往後退，撞上柱子，全身僵直。

慢慢轉過身來的小怪，眼神直直射穿昌浩。

「啊……？」

把怒氣直接轉換成聲音般的嘶吼，從小怪嘴裡溢出來，宛如來自地底的震響。

「唔……」

小怪步步逼近被猛烈的威勢嚇得站不起來的昌浩。

「你剛才想說什麼？」

「呃……」

眼神兇狠的小怪又向前一步，逼近昌浩。在小怪背後的勾陣，眼神也冰冷得像在極寒夜裡凍結的湖水。

「剩餘的壽命是幾年？你說說看。」

震響的雷鳴與小怪的聲音重疊。

昌浩吞口唾沫，全身發冷。

「呃……兩年……？」

聽到威壓下的回答，夕陽色的眼眸燃起熊熊怒火，宛如螢光的白色磷光，在小怪身上纏繞舞動。

「夢見陰陽師說的壽命是幾年？你說說看。」

「呃……五……年……」

小怪瞪著斷斷續續回答的昌浩，閃過眼眸的厲光更加酷烈。

「五年變成兩年的原因是什麼？」

「有種種原因……譬如，硬拚……」

晴明發現這麼回答的昌浩，眼神無以自容，飄來飄去。

「不顧一切……之類的……」

昌浩也知道自己犯了大錯，在這種完全錯在自己的狀況下，他沒有膽量面對小怪、紅蓮無比憤怒的眼光。

讓它如此生氣的不是別人，正是自己。

「有自覺最好。」

小怪冰冷的話語刺進昌浩的心坎。

「聽好，昌浩，不准再使用法術。」

出乎意料之外的話，讓昌浩瞠目結舌。

「咦……」

「今後不論發生什麼事，即使天翻地覆、即使智鋪眾攻擊京都，你也絕對不准作戰、不准使用力量、不准外出。」

「那怎麼行。」

「不准辯駁。晴明，把這小子關起來。勾，我們走。」

咄咄逼人的小怪轉過身去，再次走向外廊。

勾陣邊跟在它後面，邊轉過頭去。

「昌浩。」

面對表情平靜的勾陣，昌浩試圖對小怪的無理宣判提出異議。

「勾陣……」

「我的想法跟騰蛇一樣。」

「唔……」

勾陣看著無言以對的昌浩，雙眸閃著厲光。

「請不要再做任何讓我們知道自己有多無能的事。」

「……」

這下昌浩真的不知道該說什麼了。

他早就知道會惹惱他們，也知道會挨罵。

但是。

他無意讓他們露出如此悲哀的表情。

而且。

面對昌浩與鬥將之間緊繃得嚇人的兇險氛圍，一頭霧水、滿腹狐疑的太陰，突然嘟囔了一聲。

「那個……」

昌浩、晴明和勾陣的眼睛，同時朝向了嬌小的神將。

桔梗色的眼眸裡，映著昌浩的身影。映著昌浩身影的那雙眼睛，張大到不能再大，震顫起來。

「兩年……是什麼意思？」

正要跨出外廊的小怪，倒吸一口氣，轉過身來。

它在心裡低嚷糟了，想對著太陰嬌小的背影說些什麼，卻不知道該說什麼，只能懊惱地咬牙切齒。

勾陣也詛咒自己的失言。

剛才不在場的太陰，原本不知道這件事。

太陰踉蹌地移動腳步。

「剩餘……？」

她慢慢伸出雙手，抓住昌浩的肩膀，力量大到超乎想像。

昌浩動彈不得，覺得她是在對自己說別想逃。

「五年變成……兩年……？」

「太陰，那是……」

「剩餘的……壽命……？」

這句話不是在詢問，而是在釐清真相。

釐清騰蛇那麼生氣的理由。釐清無法推說是謊言或玩笑的氛圍、狀況。還有，釐清勾陣那種告誡般、懇求般的語氣。

每次有事，昌浩都會率先行動，為什麼今天他們要阻止他那麼做呢？

不准他作戰、不准他使用法術、不准他外出。

太陰知道有個人也被說了同樣的話。

那就是神祓眾的螢。在菅生鄉時，太陰看過好幾次，每次螢稍微逞強，府邸的人就會勃然色變地斥責她。

曾經受重傷在生死邊緣徘徊的螢，勉強保住了性命，但失去了大半的壽命。

為了延長僅剩的壽命，螢被施加了停止時間的法術，還被禁止使用靈術。因為過度勞累會更削減已經很短的壽命。

但是，有時候她還是會不顧夕霧他們的嚴格命令，使用法術。儘管只有在她覺得必要時，卻還是會對她的身心造成他人無法想像的負擔。

夕霧和神祓眾們都想讓她多活幾年，所以語氣難免粗暴，因為他們是以憤怒的形式來表達沉痛的心情。

幾天前，螢捨命擊退了入侵菅生鄉的禍患。在那之前，還被智鋪祭司襲擊成重傷，導致停止時間的法術失效，想必她剩餘的壽命一定縮短到難以想像。

聽說這件事時，太陰很替她難過，由衷希望她可以活長一點。

為她擔憂的心情是真的，為她祈禱的心情也是真的。

太陰現在才知道，儘管是真的，還是有點事不關己的感覺。

「昌浩……只剩兩年……？」

從太陰嘴裡溢出來的聲音，帶著顫抖，聽起來很無助。

昌浩想避開她的視線。太陰的手更加使力，勒進了昌浩的肩膀。

笨拙的隱瞞更傷人。

「——」

昌浩閉起眼睛，下定決心，再張開眼睛直視神將，點點頭。

「嗯……對不起，沒告訴妳。」

「……」

嬌小的神將緩緩望向主人。

收他們為式時，他還是個年輕人，現在已經很老了。在他變成這樣的過程中，神將們都陪在他身邊，看著他逐漸改變的模樣。

主人的孩子們也是那樣。從剛出生的嬰兒開始成長，變成大人，再一點一點增加歲數，然後娶妻生子。

那些孩子們又會長大。

然後，神將們會一直看著他們，直到他們某天老去，變得滿臉皺紋。對於這件事，神將們深信不疑。

太陰又把視線轉回到昌浩身上。

從這孩子十三歲起，就經常見到他。當時，他才剛舉辦過元服儀式，還像個小孩子，模樣有些稚嫩。

那之後過了將近五年的現在，他在放鬆時，偶爾也還會跟以前一樣，露出孩子般的神情。

「……」

太陰的肩膀大大顫抖，呼吸淺短急促。

昌浩和晴明可能……不，應該是沒想到。

沒想到晴明在那個尸櫻界殞命時，神將當中只有太陰在場。

那個瞬間美得可怕的情景，閃過太陰腦海。

美得不能再美的紫色花朵紛飛飄落，占據整個視野——。

她親眼看著骨瘦如柴的老邁軀體，倒在紫色的花堆裡。俯臥的肩膀、垂下的眼皮、微張的嘴巴，都動也不動。

那個瞬間無法形容的情感，現在也還埋在太陰心底深處，不曾消失過。

呆呆看著昌浩的太陰，聽見主人叫喚同袍的名字。

「紅蓮、勾陣……」

兩對視線投向晴明。

「快去，白虎在等你們。」

收到主人命令的鬥將們，默默離開了現場。

太陰交互看著老人與眼神欲言又止的孫子。

「我很快就回來……」

她轉過身去，讓風纏繞全身。

「在我回來之前，你不准去任何地方……！」

吊起眉毛，用顫抖的聲音放話後，太陰就飛出去了。

包住鬥將們的龍捲風，在大雨如注中飛上了天際。

雷鳴轟響，紅色光芒染遍大地，傾盆大雨把庭院淹成了水池。

昌浩感覺到雨中散發出來的陰氣，不由得打了個哆嗦。

◆　◆　◆

宮中懸掛的燈籠和燈台都點燃了。

「快、快搬走……」

幾個隨從合力把一片門板搬到雜役房，門板上有蓋著白布的隆起物。

那是剛才斷氣的侍女的屍骸。

為了不讓死亡的污穢波及臥病在床的內親王脩子、為了不讓死亡帶走她，必須把等於是死亡污穢的屍骸搬到遠離寢殿的地方。

猿鬼在對屋梁上看著這一幕，龍鬼走向它說：

「公主怎麼樣了？」

「還是一樣……烏鴉說氣息越來越弱了。」

猿鬼的表情變得嚴肅。

「這樣啊……」

這時候，從對屋的侍女房出來的獨角鬼爬上來了。

「燒得更厲害了，好像很痛苦，看得好不忍心。」

三隻小妖相對望，吐出沉重的嘆息。

光這一夜，就死了好幾個在竹三条宮服侍的人。

人們看不到圍繞這個宮殿的結界被破壞，也看不到蠢蠢鑽動的黑色物體，以及從黑色物體變出來的妖魔大舉入侵。

結界差點就被完全摧毀了。

龍鬼想起來就全身發抖。猿鬼和獨角鬼也被它傳染，三隻抖成一團。

現在能夠這樣平安無事，簡直就是奇蹟。但是，其實不是什麼奇蹟，全都要歸功於烏鴉的努力。

是陪著脩子的道反守護妖寃，打倒妖魔、掃蕩那些黑色物體、修復了結界。

小妖們都知道烏鴉很厲害，只是沒想到那麼厲害。

它們謹記在心，以後絕不能做惹烏鴉生氣的事。

不過，修復結界後，守護妖再厲害還是累壞了。

它掉落庭院，搖搖晃晃地走過變成水池般的地方，走到內親王脩子的床舖所在的寢殿，在那裡的屋簷下蹲坐下來。

把它抱到床邊的是猿鬼。脩子睡的床，覆蓋著晴明布下的結界。小妖們有晴明的允許，所以可以自由出入。

猿鬼和龍鬼待在床外監視，不讓奇怪、邪惡的東西進入主屋。

剛剛醒來的嵬，昂首挺胸說這裡交給我，卻有點搖晃站不穩。看到它那樣子，每隻小妖都覺得再不想想辦法會有危險。

不是烏鴉不值得信賴，而是這隻烏鴉也已經撐到極限了。

小妖們都願意捨身保護脩子和藤花，但是，倘若像剛才那麼可怕的東西一大群湧上來，它們再怎麼奮戰也贏不了。

今晚的死者，都是被那些妖魔附身而氣絕身亡的。妖魔散發出來的恐怖濃密陰氣，會把病弱的身體裡僅存的生氣全部吸光。

天快要亮了。即使下雨、沒有陽光，只要早晨的氣息降臨，黑暗領域就會被截斷。

只要結界能撐到早上，白天就不會有危險。

可以在這段時間裡把晴明找回來，請他重新布設更堅固的結界。

小妖們等待著天亮。夜晚才是小妖們所屬的領域，但是，它們也不想在那些妖魔竄動的夜晚外出。

那些妖魔很危險。強大的妖魔會吃掉弱小的妖怪。跟它們正面對決，小妖們會被吃掉。被那樣的妖魔吃下肚，絕對沒救。

猿鬼抬頭看著大雨下個不停的天空，嘆口氣說：

「這場雨好討厭，令人煩躁、鬱悶。」

「而且又冰又冷。」

獨角鬼皺起眉頭，龍鬼露出厭煩的表情對它點點頭說：

「淋濕了還會覺得很倦怠……」

那是下在充滿陰氣的京城的污穢之雨。連小妖們這樣的妖怪，都覺得生氣快要被這個污穢奪走了。

竹三条宮的大庭院被淹沒，因為黑暗而分不清原本的水池與牆壁之間的界線，宛如一片黑漆漆的海面。

風一吹，水就會拍打環繞對屋周圍的外廊，濺起水花。外廊也到處積水，對屋看起來就像漂浮在污穢的水面上。

不只對屋，渡殿、寢殿也一樣。濃密的陰氣彷彿從天上、從地下席捲而來，令人不寒而慄。

「……」

忽然，猿鬼眨眨眼睛，從橫梁往下跳。它聽見從對屋傳來的微弱呻吟聲。

龍鬼和獨角鬼也跟著猿鬼跳下來，腳踩到外廊上的積水滑倒，摔得好慘。

「唔唔唔唔……」

滑行後狠狠撞上高欄的龍鬼，按著嚴重碰撞的額頭，痛得滿地打滾。因為力道過強，眼冒金星。

「阿龍，你還好吧？」

在積水處滑倒的獨角鬼，全身濕透透地問它。

「不、不太好，但是沒事。」

龍鬼含淚逞強，跟在猿鬼後面進入侍女房。

躺在墊褥上的藤花，迷迷糊糊地張開眼睛。

「藤花，妳醒了？」

獨角鬼跟她說話，她緩緩轉動脖子，看著小妖們。

「那個……騷動……是……」

從雜役房傳來的緊張氣氛，彷彿扎刺著皮膚。

小妖們彼此對望，結結巴巴地回答：

「有幾個人……不行了。」

雖然避開了直接的說詞，但意思正確傳達到了。

藤花愕然瞪大眼睛，奮力想爬起來。

「我要去……公主……殿下……那裡……」

起碼要陪在她身旁，在意外發生時，以身為盾保護她。

「藤花，不要亂來。」

小妖們大驚失色，藤花緩緩搖著頭說：

「我……作了夢……」

不只這座宮殿。

到處都出現許許多多的屍骸。

黑色東西在京城裡蔓延，變出妖魔，撲向被那個恐怖疾病折磨的人，吞噬他們僅剩的生氣。

不僅是京城，全國都發生了這樣的事。

「風……一吹……」

就會從遠方傳來麻痺心靈的美麗歌聲。

歌聲在數數，數著死亡。

歌聲在召喚，召喚著死亡。

高聲在誘導，誘導死亡。

然後，某天曾經見過的喪葬隊伍，消失在比黑暗更漆黑的黑暗盡頭。

臉色蒼白的藤花，眼裡滿是恐懼。壓抑不住的驚恐，讓她全身戰慄。

災難將至，很久以前被約定的凶事正逐漸迫近。

她不知道是什麼凶事。但是，來自心中最深處的本能告訴她，就是這樣。

心臟撲通撲通狂跳。令人發冷的火焰在胸口搖曳，藤花感覺那正是她心中的恐懼。

為了阻止藤花爬出侍女房，獨角鬼拉住她的單衣袖子，高聲說：

「天一亮我就去把晴明找來。」

藤花屏住氣息，眼皮震顫。

「晴明……大人……？」

猿鬼在她嘶啞的低喃後緊接著說：

「對，我們一定會把晴明帶來！」
「晴明來了，就沒事了。所以，藤花，妳快躺下……！」
抓著單衣袖子的龍鬼，哭哭啼啼地求她。
徐徐望向小妖們的藤花，流露出因高燒而矇矓的眼神說：
「真的嗎……」
「真的啦！還有，對了，我都跟晴明說了！」
「說什麼……？」
藤花疑惑地蹙起眉頭，獨角鬼驕傲地昂首挺胸說：
「就是公主斥責左大臣讓他閉嘴那件事啊，我告訴他昌浩和藤花之間，已經沒有身分之類的麻煩問題了！」
「……」
藤花緩緩張大了眼睛。
「對了，等昌浩回來，也要告訴他才行，那小子一定會很開心……」
獨角鬼啞然無言。
猿鬼和龍鬼倒吸一口氣。
因為珠子般的淚水，從藤花大大張開的眼睛滾落下來。接二連三溢出來的淚水，沿著臉頰啪答啪答滑落。

「藤花……？」

獨角鬼被意想不到的狀況嚇得驚慌失措，藤花對它輕輕搖著頭說：

「不可以……」

「咦？」

新的淚水從藤花臉頰滑落。

「在公主殿下……發生這種事的時候……」

不可以想著自己的幸福。

藤花向神祈禱過，祈禱神拯救脩子。她對神說，自己什麼也不要，擁有脩子的心她就滿足了。

所以，她把願望、希望都拋在夢的彼方了。

願望是跟他一起生活。

希望是跟他在一起。

曾經有段時間，藤花抱持著夢想。那之後，脩子吐血倒下了。

那是脩子讓她作的夢。脩子若是香消玉殞，夢也會破滅消失。

既然如此，讓夢消失就好。她希望可以用自己抱持的夢想作為交換，把脩子的生命喚回現世。

雨聲不斷敲擊著耳朵。放眼望去，前面淨是如水濱般的黑色水面。

還有，試圖掩沒所有一切的晦昧黑暗，無限延伸。

「藤花……」

聽到她悲哀的決定，猿鬼的臉都驚歪了。

「可是，公主殿下對昌浩……」

藤花眼淚汪汪地搖著頭。

「公主殿下這麼希望啊。」

獨角鬼越說越激動，藤花抱住它，顫抖著肩膀。

「請……不……要……」

彷彿從喉嚨深處擠出來的聲音，敲擊著小妖們的耳朵。

「請不要……告訴……昌浩……」

還有，對了，也要請晴明不要說出去。必須這麼做。

要不然，她會想緊緊抓住已經放棄的夢想。

「求求你們……」

面對壓低嗓音哭泣的藤花，小妖們一句話也說不出來。

操辦竹三条宮家務的總管，看到那麼多人死亡，心情浮動不安。

他們的確都病得很嚴重，但是，也不該像燈台的火同時被風吹熄那樣，突然接二連三斷氣。

不只總管，所有在宮裡服侍的人都提心吊膽。

擔心下一個生病的人，說不定是自己。

擔心下一個斷氣的人，說不定是自己。

凍入心底般的冷風、讓心跳加速的陰森迅雷、傾瀉而下的滂沱大雨，使得大家人心惶惶，陷入無法形容的恐懼中。

下一個會是誰。下一個——總不會是……

災難會不會降臨在自己身上？

心裡滿是焦躁。撲通撲通的強烈心跳聲，在腦中迴盪，無法思考任何事。

必須在某處遏止，否則災難會不斷蔓延。這樣下去，會染上死亡的色彩。死亡將會到來。死亡將會迫近。

誰能阻止這件事？

「快去請安倍……晴明……」

眼睛布滿血絲的總管大叫。

「快派人去把晴明大人請來這裡——……！」

◆ ◆ ◆

9

晴明和昌浩都沉默了好半晌。

下個不停的雨，下得更大了。

昌浩覺得胸口好像快要被來自京城正上方的雷電擊潰了。

先打破沉默的是晴明。

「昌浩啊……」

「是……」

轉身回應祖父的昌浩，抬起垂下的視線。

晴明的表情很複雜，有點困擾、有點為難。

「傷腦筋呢……」

聽到這句話，昌浩詫異地眨眨眼睛，晴明嘆口氣對他說：

「真希望可以把爺爺剩餘的壽命分給你……」

昌浩瞪大了眼睛。

「咦咦！那怎麼可以！大家會把我殺了！」

神將們有天條規範，不會真的殺死他。應該不會。但是，他的腦海中還是浮現出幾張可能會那麼做的臉。

無論如何，會讓他們產生想殺死他的激情，是不言而喻的事。

對神將們來說，安倍晴明是最重要的人。從他們成為安倍晴明的式神那一刻起，這件事就沒有改變過。

晴明合抱雙臂。

「遺憾的是，爺爺也沒有可以分給你的壽命……」

「這……」

老人對無言以對的昌浩淡淡一笑。

「即使這樣，你還是會活得比我長。」

昌浩把嘴巴撇成ㄟ字形，點點頭，眼角熱了起來。

「必須是這樣……」

「嗯？」

晴明沒聽懂昌浩的意思，皺起眉頭。

「我絕不能讓您……再承受四年前那種心情……」

哽咽的昌浩低下了頭。

當時，還是個孩子的自己，只會在自己狹窄的世界裡思考事情。自以為經過深思熟慮、全面思考，是最好的辦法，卻做出了對祖父無比殘酷的選擇。

依據自然法則，應該是年長者先走。以祖父與孫子為例，雖不是絕對，但若是沒有意外，孫子送走祖父才是這個世間的慣例。

然而，昌浩卻要讓祖父送走孫子。

晴明答應了昌浩的請求。當時，晴明絲毫沒有讓昌浩察覺，那是多麼痛苦、悲傷的事。他全然接受昌浩的決意和覺悟，讓昌浩照自己的意願去做。

昌浩在膝上握緊了拳頭。

現在，他已經不再是當時的小孩。雖然，還說不上完全獨立，但是比滿腦子都是自己的願望、希望的那個時候，更能看清許多事物了。

儘管如此，自己認為好而去做的事，都是對的嗎？他知道也未必是對的。

想起小怪憤怒的眼眸，他的心就絞痛，但同時也慶幸還能激怒它。

他原本很怕對它造成的打擊，會強烈到讓他連氣都氣不起來。

「……」

忽然，昌浩的眼皮震顫起來。

——……早知道……會變成……這樣……、……

小怪痛徹心扉的低嚷在耳邊縈繞。

——……我就……不要叫你……晴明的繼承人……！

他早就知道小怪會露出那樣的表情。

所以希望可以延後被它知道的時間。

但是，不管延後多久，知道的時候，打擊還是會大到筆墨難以形容。所以他在心底祈禱，最好可以什麼都不告訴它，自己就像遇到什麼意外那樣死去。

他茫然思忖，這樣的悲傷或許最小。

「這樣啊……」

晴明喃喃低語，對昌浩招手說過來、過來。

昌浩疑惑地靠過去，晴明半瞇起眼睛，用手指冷不防地彈一下他的額頭。

「痛！」

力道強勁，痛得昌浩按住額頭，心想幾年沒被彈過了？

「痛、痛，非常痛……」

「當然痛，我就是要讓你痛啊。」

晴明對淚眼汪汪的昌浩這麼說，輕輕嘆口氣。

「這件事就暫時不談了。」

「是……」

「紅蓮回來後，一定會痛斥你。只彈你一下，就當是爺爺的溫情吧。」

晴明得意地挺起胸膛。

「好痛的溫情吶……」

摸到被彈的地方，還是會痛。但是，祖父的心一定比昌浩現在的痛更痛。

但是，痛就是痛，經過幾年還是痛。

昌浩揉著疼痛的額頭，改變話題。

「爺爺，您最好躺著吧？您的氣色不太好呢。」

「我也很想躺下來啊。」

晴明合抱雙臂嘀咕，昌浩疑惑地問：

「怎麼了？」

老人默然移動視線，望向鋪在屏風後面的墊褥。昌浩把眼睛轉向那裡，從縫隙看到墊褥上的衣服高低隆起。

「咦？」

昌浩爬到屏風旁邊察看，不禁瞪大了眼睛。

「風音……！」

肌膚毫無血色、蒼白得宛如人偶的風音，躺在晴明的墊褥上。

「為……」

說到一半，他就想起了剛才勾陣說的話。

是勾陣把昏倒的她送來這裡的。然後，她為了把魂虫被泉津日狹女搶走的內親王脩子的魂留在宿體裡，用自己的魂取代了魂繩。

那麼，這期間，風音的宿體會怎麼樣呢？昌浩完全忘了這件事。

魂脫離的宿體，是不折不扣的空殼。如果不採取任何行動，不是被邪惡的東西或妖怪吃掉，就是被附身利用，只有這兩種可能性。

以前，她的魂脫離時，九流族的真鐵曾經進入她的宿體，任意操縱她的神通力量。當時是如何苦戰的，昌浩到現在還記憶猶新。

風音沉睡般的宿體，看得出來被施加了防護的法術，難怪那隻守護妖烏鴉沒在這裡。要不然，那隻烏鴉不可能不守在無力的風音身旁。

昌浩抿住嘴巴。

脩子的魂虫被泉津日狹女搶走了。必須盡快搶回來，送回宿體內，否則脩子會沒命。

萬一脩子有個三長兩短，藤花會很傷心，會責怪自己什麼都不能做，痛苦不已。

「公主殿下的魂虫……是被智鋪眾……被黃泉妖魔搶走了。」

就在昌浩確認似地喃喃自語時，背脊瞬間掠過一陣寒顫。

啊，對了，我夢見過啊。

有個大磐石聳立在比晦暗更漆黑的黑暗盡頭。

那是黃泉之門，是通往根之國底之國的入口。

神、與神血脈相連的人、神的後裔的血脈，都是開啟黃泉之門的鑰匙。

取回皇上的魂虫後，大家都太大意了。神的後裔、天照的後裔，除了皇上之外，還有其他人。例如，脩子就是天照大御神的分身靈。

現在皇上龍體欠安，人民會把繼承皇上血脈的孩子們當成心靈寄託，脩子是其中的長女。她雖然年紀尚小，但非常聰明，有思考能力、有膽量。

只要有她在，就能緩和人民的不安。這與她是天照大御神的分身靈，也有極大的關係。

不僅是人民，對皇上來說，孩子們的存在也是很大的支撐力。脩子如果有什麼萬一，臥病在床的皇上也會意志消沉。

這麼一來，人民就會完全失去心靈的支柱。

倘若皇上和繼承皇上血脈的人消失，光亮也一定會從這世上消失。

「唔……！」

還有，對了，昌浩在夢裡看到了。

看到條子被泉津日狹女搶走的魂虫在哪裡、在誰手裡。

看到不論怎麼問、怎麼哭、怎麼喊，都絕不回應的背影，不是嗎？

心臟撲通撲通狂跳。

忽然，螢的臉閃過腦海。

——……那麼，我不會殺死時遠……？

長期被預言困住，不能告訴任何人，一直很痛苦的螢。

為什麼會在這時候想起她呢？

剛才勾陣說的話，與螢的身影重疊，浮現腦海。

勾陣發現件的預言是咒語，她說件會對有能力的人施咒。那麼，藤原敏次、小野時守、榎岦齋，以及尸櫻界的屍等其他人，也都有可能被施咒。

「……！」

昌浩瞪大眼睛。

還有其他人。沒錯，有其他人。他想起他知道的人。

成親無論如何都不可能投敵。但是，如果被抓住唯一且最大的弱點，那麼，投入敵營也絕不奇怪。

現在昌浩終於想起一直遺忘的事。

那就是件的預言。

成親的妻子——大嫂，也被宣告了預言，跟螢一樣被預言逼入了絕境。

昌浩的心急劇冷卻。

件一次又一次出現在螢的面前。大嫂也一樣，連日連夜在夢裡聽著件的預言，苦不堪言。

對方可能拿大嫂和孩子被宣告的預言作為威脅，那個狡猾的黃泉僕人也可能在成親耳邊嘀咕，說協助他們就讓大嫂和孩子逃過預言。

大部分的人都不知道，件是智鋪眾的式。事實上，連知識豐富的神祓眾都不知道。

成親應該也不知道。那麼，為了救妻子的生命，選擇與家人敵對，投靠邪惡的一方，也沒什麼奇怪。

昌浩的哥哥就是那樣的人。反過來說，成親會投敵，也只有這個理由可想。

他輕輕按住天一以移身法術治癒的右肩，天一說裡面被施加了什麼法術。
成親究竟放進了什麼？
肩膀好好的，不痛也沒有違和感。可以像平時一樣活動，毫無障礙。
昌浩沉著臉檢查身體狀況，晴明平靜地注視著他。
「怎麼了……？」
察覺視線的昌浩回頭問，晴明微露苦笑對他說：
「你真傻……忍住不說很難過吧？」
「——」
昌浩屏住氣息，胸口深處紛亂騷然，眼角發熱。
以前曾有人對他說過同樣的話，拯救了他。
從記憶深處浮現一個光景。那是四年前，在出雲山中。
——你真傻……很難過吧？
就是成親割斷了昌浩被逼入絕境而緊繃到極限的心弦。
「爺爺……」
昌浩不禁脫口而出，要告訴晴明那個哥哥已經投向敵人。
然而，就在那一剎那，一道神氣降落在他們身旁。

猛然轉向那裡的視線前方，出現的是十二神將朱雀。

「喲，朱雀，你回來了啊。」

朱雀點點頭。抬頭看著他的昌浩，有種違和感。

奉晴明之命前往道反聖域的朱雀，完成任務回來了。中途，他去接六合，把六合一起送去道反這件事，昌浩也聽說了。

現在他回到分別許久的天一身旁了。這種時候，他通常會非常開心。

但是，今天的朱雀不一樣。

滿臉都是焦躁和疲憊，眼神嚴峻，那表情就像吃到什麼很苦的東西。

「昌浩，你回來了？」

這恐怕是昌浩第一次聽到朱雀這樣的聲音，有氣無力，透著濃濃的倦意。

「朱雀，發生什麼事了？」

晴明不是問「是不是有什麼事」？而是問「發生什麼事了」？他從神將臉上看出來，發生了非比尋常的大事。

神將漠然點頭，眨個眼，從懷裡取出用白布包住的東西。

「昌浩，這是道反女巫給你的。」

昌浩接過朱雀遞給他的東西，輕輕打開，看裡面是什麼。

是新的勾玉，呈現微帶黑色的深綠色，潤澤光亮。

放在掌心上，能感覺到有如大地氣息般的莊嚴且強勁的深厚波動。

「女巫說注入了道反大神的力量。」

昌浩點頭回應朱雀說：

「嗯，這個太厲害了，比之前那個強大許多……」

光靠裡面的神通力量，就能使出強勁的退魔法術，或是布設十分堅固的結界。

「等許多事平息後，必須專程去致謝……」

昌浩握住勾玉，面向西方輕輕一鞠躬後，把勾玉掛在脖子上。

雖然夢見師姥姥說，他越來越接近那個世界，所以靈視能力恢復了一些，但是，有了勾玉的協助，能看見的東西還是大大不同。

說不定，纏繞小怪全身的螢光般的磷光，在戴著這個勾玉的狀態下，看起來也會不一樣。

昌浩拍拍衣服下面的勾玉，決定等小怪回來再好好觀察。

感覺道反大神的神氣，在全身擴散。那是給人安全感的波動，非常強勁、深厚，彷彿取得與大地之間的深沉羈絆。

從勾玉釋放出來的波動，與昌浩的心跳交疊。昌浩感覺誤差隨著每次的呼吸減少，沒多久就完全同步調了。不是昌浩被勾玉的波動拖著走，而是勾玉配合著昌浩的脈動。

「喲……昌浩，你的修行頗有成果呢。」

去播磨修行之前，恐怕做不到這樣。

看到晴明感嘆的樣子，昌浩的心情好複雜，把嘴巴撇成ㄟ字形。

若是不能在實戰中展現成果，在這種場合展現修行成果也沒有意義。

「昌浩，你剛才是不是要說什麼？」

被晴明詢問的昌浩，張開了嘴巴，話卻卡在喉嚨深處，發不出聲音。

「風音……受傷了。」

晴明眨眨眼睛，深深點頭說：

「是啊，她的魂做了很危險的事，她的宿體也撐到極限了。」

即使魂回來了，在身體的傷勢痊癒之前，可能也爬不起來。

晴明嘆了一口氣。

「你也看到了，風音大人借用了我的墊褥，我沒有地方可睡。」

話題突然轉回來，讓昌浩有點錯愕，過了片刻才回應。

「是啊……」

沒錯，現在移動風音的宿體太殘忍了。而且，要移動她，也想不出適當的地方。

「所以，昌浩，把你的房間借給我。」

「啊？」

出乎意料之外的要求，讓昌浩不由得張大了眼睛。

「沒什麼不可以吧？啊，你會在家裡住一段時間嗎？那麼，我會把備用的墊褥搬進你房間，所以沒問題吧？」

「咦咦？呃，您要用我的房間是沒問題，只是……」

吞吞吐吐回應時，朱雀轉頭說：

「有人來了——」

晴明與昌浩對看一眼，豎起耳朵仔細聽。

在強烈的雨聲與雷鳴聲中，昌浩什麼也聽不見。

他把注意力集中在聽覺上，迅雷才中斷消失，聽見微弱的說話聲。

「啊，真的呢。」

誰會在這種三更半夜來訪呢？昌浩先是這麼想，後來又搖搖頭。

他們東扯西扯聊得太起勁，經過的時間恐怕比他想像中更長。

從打開的木門望向天空，只見厚厚的烏雲沉沉低垂，再加上瀑布般的大雨，根本看不出現在是什麼時刻。

「大約剛進入寅時。」

來自頭頂的是朱雀的聲音。不知何時，他站在跪坐的昌浩後面。

昌浩抬頭看著朱雀，眉頭深鎖。

「朱雀，發生什麼事了？難道是道反聖域怎麼了……」

「不是，聖域沒事。」

「是嗎？那就……」

說到一半，昌浩眨了眨眼睛。

「你說聖域沒事，那麼……」

昌浩再次確認，朱雀的眼睛泛起厲色。

「是的，目前道反聖域平安無事。」

說完，十二神將朱雀沉重地嘆口氣，轉向主人。

「但是，我去看了各地的狀況。」

神將的暗金色雙眸，因無法壓抑的情感，燃起熾烈的火焰。

「死亡……四處蔓延。」

大量的、數不清的死亡。

「死亡正以驚人的速度擴散，也未免死得太多、太異常了。」

僵硬、低沉的嗓音，訴說著朱雀看到的景象是多麼悽慘。

「死亡……」

喃喃低語的晴明，突然張大了眼睛。

從祖父非比尋常的表情，感覺到事情非同小可的昌浩，忽然想起一件事。

智鋪眾企圖開啟黃泉之門，是為了什麼？

那些傢伙以前曾多次策劃開啟那扇門，每次都被人界的術士阻攔。

儘管如此，智鋪眾還是花了漫長的時間不斷布局，縝密地鋪設道路，層層架起好幾個陰謀，徹底削減我們的戰力，究竟是為了什麼？

為了開啟那扇門。開啟那扇門，讓黃泉之鬼來到人間、人界。

黃泉的妖魔充斥人界，人類就無法生存。黃泉是死亡之國，來自那裡的鬼，會隨風帶來死亡。

所以，門不能被開啟。

必須阻止智鋪祭司、智鋪宗主、智鋪宮司的計畫。

這是很早以前就已經知道的事。

但是，現在一心忙著阻止眼前發生的凶事、防止最糟的狀況，回想起來，還真沒想過那之外的事。
那麼，他們為什麼這麼執著於開啟那扇門呢？
已經吹起黃泉之風，死亡的災禍不斷擴大。陰氣瀰漫人間，污穢的雨下個不停，據說流經地底的龍脈也逐漸狂亂。
都已經這樣了，智鋪眾還想怎麼樣？
「……」
腦中靈光乍現。
第一次與昌浩對峙的智鋪眾，是把榎岦齋的屍骸當成依附體的智鋪宗主。
在隔開人界與道反聖域的千引磐前，智鋪宗主說了什麼？
——來吧，黃泉之鬼們，我們要為我們的主人殺死所有礙眼的人類！
昌浩的心臟撲通撲通狂跳。
他們的主人是？
撲通撲通的心跳聲在耳底震響，有個微弱的聲音從那後面傳來。
——……
那是祖父在尸櫻界，手摸著尸櫻，喃喃說著什麼的聲音。
沒錯，好像是古事記裡的——

「最後……那個妹妹伊邪那美命……自己追上來……伊邪那岐把千引磐石擋在黃泉比良坂上……」

對了，祖父說的是古事記裡黃泉之國那段。

那是描寫國土的形成，以及神從出生到死亡的古代故事，昌浩從小就會背了。所謂古事記，如字面意思，就是記載古老的事。其中，在黃泉那段，記載著最古老的咒語。

心臟撲通撲通劇烈跳動。

智鋪眾為什麼要打開那扇門？

就是為了——咒語。

『愛也吾夫君，言如此者，吾當縊殺汝所治國民日將千頭。』

不為其他，就是為了崇拜之神的咒語。

「唔……」

昌浩全身戰慄。

為什麼現在才想到呢？

他們構思、鋪設的道路，全都是為了實現神治時代的咒語。
說不定，從昌浩所能想像的更久以前，就展開這樣的攻防了。
「可是，不對啊……」
昌浩做個深呼吸，平息心中的紛亂。
在最古老的咒語被說出來後，隨即有了反擊的咒語。
『愛也吾妹，言如此者，吾則當產日將千五百頭。』
妻神放話說「我將一天殺死一千人」，夫神回說「那麼，我將一天讓一千五百人誕生」。因此，在這個國家，每天必定有人死亡，但也會誕生比死亡更多的生命——。
「……」
昌浩彷彿被潑了一身冷水。
沒有生產。很久都沒有了。即使有預兆，也生不下來。
懷孕了，也會流產，或母親與孩子一起死亡。這種事聽過好幾次。
取而代之的是，死亡增加了。到處都是大量的死亡。去各地看過的朱雀說，未免死得太多了。

至今死於戰爭的人們的面孔，一一閃過昌浩腦海。

他覺得自己每次都能避免陷入最糟狀態，設法把事情解決。但是，死亡一定如影隨形。

倘若，那些人其實不是會在那時候死亡的命運呢？倘若，那些人只是誤入智鋪眾鋪設的道路，因而被迫走向死亡呢？

「唔……」

令人不寒而慄。原來一切都是咒語的一部分，都是在智鋪眾的策劃內。

昌浩臉色發白。

死凌駕於生，表示人間所有生命即將滅絕。

充滿死亡的人間，與根之國底之國一樣，會成為滿是死者的污穢之國。

難道這就是智鋪眾的真正目的——？

昌浩全身起了雞皮疙瘩，油然而生的戰慄止也止不住。現在是夏天，他卻冷得受不了。

這些都只是自己一時的想法、捕風捉影的推測、毫無根據的假設。僅僅是把七零八落的片段拼湊起來，沒有任何確鑿的證據。

大可當成荒唐的想法，一笑置之。

但是，昌浩的本能、靈魂告訴他，這正是他在找的答案。

看過所有一切的昌浩知道是這樣。

這是身為陰陽師的直覺。

「……」

臉色發白的昌浩轉動僵直的脖子，看到祖父也正面無血色地看著自己。

可見祖父也得到了同樣的結論。

昌浩有意識地在緊縮的喉嚨使力。

「爺……」

這時候，通往外廊的木門響起敲門聲。

兩人倒吸一口氣，聽見有所顧忌的聲音叫著：

「父親……」

昌浩瞪大了眼睛，那是父親吉昌的聲音。

「嗯，我還沒睡。」

聽到晴明的回應，門外響起像是鬆口氣，又有點沮喪的複雜聲音。

「您還沒睡啊……」

昌浩非常清楚吉昌在想什麼。

剛從竹三条宮回來的晴明，如果在睡覺，吉昌會不忍心叫醒他。如果晴明好不容易回來了卻不睡覺，磨磨蹭蹭不知道在做什麼，吉昌會有點生氣。這兩種心情在吉昌心裡盤根錯節。

啊，可以理解！昌浩事不關己似地這麼想，迅速躲到屏風後面。

他不是不想見父親，甚至是非常想見，但是應該在阿波的昌浩，這麼晚出現在晴明的房間，恐怕連吉昌都會大吃一驚。

吉昌還好，問題是母親露樹。她總是那麼沉穩優雅，即使安倍家的男人們做出超乎她想像的事，或是好幾個月不見蹤影，她還是會笑著迎接他們。但是，面帶笑容就代表她什麼都沒在想嗎？應該不是這樣。她一定是再怎麼擔心，也不會表現出來而已。

在屏風後面的昌浩，盡可能把身體蜷縮在風音躺著的墊褥旁，心裡暗自向父母道歉。

這次回來並不是因為事情解決了。雖然小怪不准他外出，但是，改天他還是必須再外出。

既然這樣，還不如不要讓父母知道。

「夫君，使者來了。」

傳來母親的聲音，應該是來叫吉昌的。
風吹進來，吹動了帷幔。
他想，好像有點冷了，等父母回房間，就把通往外廊的木門關上吧。
「使者說希望能馬上見到公公。」
「是嗎？父親，使者這麼說。我知道您很累，但還是請您做準備。」
「夫君，要不要請使者進來坐呢？」
「說得也是，就這樣吧……」
忽然，昌浩覺得鼻子癢癢的。
啊，糟了！當他這麼想時已經太遲了。
「哈啾……！」
還來不及按住鼻子，就打了個小小的噴嚏。
明白昌浩心意的晴明，以寬容的眼神抬頭望著天花板的梁木。

◇　◇　◇

10

離天亮還有一段時間。

目送使者和晴明離去後，露樹回房裡鋪墊褥，吉昌問她：

「就這樣嗎？」

露樹嘆口氣，無奈地苦笑說：

「嗯。」

在晴明房間聽到小小的噴嚏聲時，吉昌和露樹就馬上察覺到是誰了。

身負任務前往西國的小兒子為什麼會在這裡？驚訝的吉昌要開口問時，被露樹默默制止了。

然後，他們假裝什麼都不知道，送走了晴明和使者。

他們聽見雨聲中夾雜著庭院的積水濺起飛沫的聲音，應該是有人從水中走過。

但是，自始至終兩人都當作沒聽見。

「他一定是有他的想法，讓他照自己的意思去做吧。」
他會躲起來，假裝不在場，一定是有他不能說的理由。
他們都知道，他不是那種會毫無理由那麼做的孩子。
「是嗎？」
「是的。」
這麼回應的妻子，背影看起來有些寂寞。
她從以前就是這樣，徹底做到默默守護，讓吉昌由衷佩服。

雨不停打在牛車的車棚上。
昌浩打開車窗，仰望天空。
「雨好像比較小了呢，爺爺。」
邊說邊回頭的昌浩，看到晴明繃著臉，合抱著雙臂。
晴明瞪昌浩一眼，嘆口氣說：
「真是的，紅蓮回來一定會對我發牢騷。」

「哈哈哈哈。」

昌浩乾笑幾聲，心想最好是只發頓牢騷就沒事了。

晴明頂多被發牢騷或挨罵，但是，昌浩深深覺得自己可能會被特大號的雷電轟劈。

關上雨水潑進來的車窗後，昌浩悄悄嘆了一口氣。

來安倍家的使者，是竹三条宮派來的人。

使者臉上毫無血色，蒼白得像個死人，來請晴明盡快趕到宮裡。

問到詳細情形時，他說臥病在床的人，突然一個個斷氣了。

使者非常驚恐，隨從和牧童也都用悲哀的眼神望著晴明。那是不久前才剛把晴明送回安倍家的牛車，隨從和牧童也都是不久前才剛見過的人。

才離開沒多久又來安倍家的牛車，載著疲憊不堪的老人和他的孫子，趕往竹三条宮。

昌浩對自己施加不被雨淋濕的咒語，沿著庭院越過竹籬，從大門跑出來時，使者等人看到他都瞪大了眼睛。

聽說他被晴明派去了西國，怎麼會在這裡？

昌浩說有事先回來一趟，隨從說那正好，請他上車一起前往竹三条宮。正好昌浩也想去，就照他的話做了。

昌浩是內親王脩子專屬的陰陽師。雖然安倍晴明最受到信賴，但是，多一個脩子認可的陰陽師在，也是有比沒有好，一定能幫上什麼忙。

「他們大概是這麼想的吧……」

晴明半眯著眼睛低喃。昌浩也覺得是那樣沒錯，所以沉默以對。

下雨下得到處積水，滿地泥濘很難走，牛車卻跑得比平時更快。因為晴明施了簡單的咒語，以免車輪不小心卡入泥濘而進退不得。腳步變得輕盈，使者等人都很驚訝，但猜想一定是安倍晴明做了什麼，覺得很開心。

儘管只有一點點，但雨勢似乎減弱了，說不定天亮就會停了。

豎起耳朵傾聽周遭聲音的昌浩，聽見微弱的呻吟聲，眨了眨眼睛。

那是來自比竹三条宮更南邊的地方。

他聽著從遙遠地方傳來的那個聲音，背脊掠過一陣寒顫。他哆嗦顫抖，微眯起眼睛。

位置在三条的更前方。風是從南方吹向北方。昌浩在腦中描繪地圖，尋找聲音的來源。

「是九条……」

他低聲嘟囔。被火燒得精光的九条府邸，是柊的後裔與丈夫最後的棲身之處。

總覺得哪裡不對勁，他心想離開竹三条宮後，有必要去確認一下。

如果瞞著晴明從家裡溜出來，跑去九条再全力趕回來，要花多少時間呢？

感覺沒辦法在不被發現之前趕回來。只被晴明發現還好，萬一拖太久，小怪大有可能在解決愛宕的騷動後，以飛天速度趕回來。

發現自己不在家，小怪和勾陣會怎麼樣呢？

「太可怕了……」

抱頭低吟的昌浩想都不敢想。

晴明依然瞪著那樣的昌浩。這個小孫子在想什麼，他幾乎猜得到。他真正的想法是，無論如何，五花大綁也要把他留在家裡。但是，他也知道那麼做昌浩會很鬱悶。

他都知道，卻怎麼也不想說「照你的想法去做」，這也是晴明毫不虛假的真正想法。

牛車停下來了。因為有晴明的法術守護，所以牛車以驚人的速度到達了竹三条宮。

出來迎接的總管，看到昌浩大吃一驚，但沒有特別說什麼，把晴明帶去脩子所在的寢殿。

被留下來的昌浩，去察看整個宮殿和圍繞宮殿的結界。

據說死了很多人的宮殿，到處都沾染著濃烈的死亡污穢。

放著不管，連沒有生病的人都會不舒服。人碰觸到污穢，就會流失生氣。

為了減輕晴明的負擔，昌浩打算把這裡的人們交給晴明，自己設法處理充滿陰氣的這場雨，以及因死亡而形成沉滯的這個地方。

面向庭院的昌浩，看到已經分不清水池與地面界線的大積水，輕輕嘆了口氣。

排水或許跟不上劇烈的雨勢，但是，積水積成這樣也太誇張了。

黑漆漆的水面在視野裡無限延伸。

「這些……都是污穢的雨……」

低喃聲嘶啞。整個宮殿都被雨水包圍。雨不停降落，在水面濺起飛沫，風一吹就掀起變形的波浪，拍打著外廊的支柱和柱腳石。

外廊也浸水了，到處都是積水，黑色水面濺起飛沫。

感覺就像水濱，竹三条宮正聳立在污穢的水濱上。

昌浩屏住了氣息。

污穢會招來死亡，死亡會形成污穢，污穢又會招來新的死亡。如同不停席捲而來的波浪，永無止境。

昌浩有種錯覺，彷彿充斥全國、全京城的死亡，正湧向這個宮殿。

雷鳴轟隆作響，紅紅地照亮了黑色水濱。

躺在墊褥上的藤花不斷呻吟。

小妖們敗給了邊哭邊懇求的藤花。

它們答應藤花，絕不會把脩子說的話告訴昌浩，也會請晴明不要說。

那麼約定後，藤花才鬆口氣，虛脫地倒下來。

獨角鬼摸了摸她白皙的額頭，嚇得跳起來，因為她燒得比剛才更厲害了。

小妖們急忙把她抬到墊褥上，幫她蓋上衣服，但是，它們能做的畢竟有限。

它們擔心得不得了。

藤花燒到意識不清，微張的嘴唇不時發出夢囈聲。浮現臉上的痛苦表情，越來越嚴重。

應該是在作什麼可怕的夢。

小妖叫喚她的名字、搖晃她的肩膀好幾次，想把她從夢裡救出來，但是，可能是高燒昏迷的關係，沒有明確的反應。

然後，偶爾會小咳一下，真的只是偶爾。

小妖們都知道，那個病會咳嗽不止。

「藤花……」

三隻小妖有種被轟隆迅雷打到的感覺，瑟縮成一團。

不可思議的是，小妖們特別怕今晚的雷，第一次覺得雷電這麼恐怖。

平時，看到如白刃般的白光撕裂天空的景象，它們頂多只會感嘆：「某些神有點吵呢。」

有時候還會跟同伴們一起在建築物的陰暗處躲雨，悠哉地欣賞閃光。

但是，現在的雷不一樣，紅光也不一樣，顏色就像割開人的皮膚濺出來的鮮血那般酷烈。

小妖們雖是妖，但非常清楚神是怎麼樣的存在。

所謂的神，是美麗存在。雖然，有時候很可怕，而且大部分都很兇，但是神的存在就是令人畏懼卻又美到令人瞠目。

如果那個紅光是神，那麼，一定是讓人害怕到無法想像的惡神。

擠在一起發抖的小妖們，察覺宮門附近有說話聲。幾乎被雨聲和雷鳴掩蓋，只能隱約聽見的聲音，是它們熟悉的聲音。

「啊，是晴明！」

眼睛發亮的猿鬼，猛然站起來。

「他一定是要去公主殿下那裡，我去請他稍後來這裡。」

「那麼，我也去。」

龍鬼舉起了一隻手，獨角鬼瞥一眼藤花說：

「我在這裡等。」

「有什麼事就大聲叫。」

「好。」

走出侍女房的猿鬼和龍鬼，在被雨潑濕的外廊上，邊滑邊跑。

它們走後，獨角鬼關上木門，嘆口氣，輕輕摸藤花的額頭。

又燒得比剛才更厲害了。

風吹進來，是又濕又重的風。吹到這樣的風，身體狀況會更糟。

因為季節的關係，拆掉了下面的板窗。儘管垂下了竹簾，還是擋不住風。

這時候如果有陰陽師在，就可以唸咒語、施法，幫藤花去除痛苦和高燒。
獨角鬼越想越悲哀，無力的感覺如怒濤般湧上心頭。
它沮喪地雙手著地，忍不住大叫。
「陰陽師師師師師！」
忽然，響起雨聲之外的水聲。
「有……！誰在叫我……？」
獨角鬼睜大眼睛。
「這是……幻聽嗎？」
不覺中，雨勢稍微減弱了。一直在正上方轟隆作響的雷，好像也離遠了一點點，閃光與雷鳴的出現只有些許時差。
獨角鬼東張西望環視屋內。
竹簾隨風搖曳。水花微微濺起，顯示有人走上了外廊。
「誰……」
全身緊繃正要叫出聲來的獨角鬼，聽見非常熟悉的聲音。
「這聲音是……獨角鬼？」
獨角鬼倒抽一口氣，它很清楚那是誰的聲音。

「昌浩?!」

它急著想掀開竹簾，但地板被吹進來的雨潑濕，害它滑倒了。

從竹簾下面滾到外廊又栽進積水裡的獨角鬼，看到張大眼睛的昌浩，臉立刻皺成了一團。

「昌浩……」

獨角鬼抬頭看著單腳跪下來的昌浩，爬起來把手指向寢殿。

「公主殿下不好了、死了好多人！妖魔、很可怕的妖魔，不斷湧入宮裡……！」

強撐著說到這裡，獨角鬼就忍不住哇哇大哭起來了。

啊，死亡迫近。會被死亡包圍。

雷鳴霹靂震響，腳不聽使喚，雙膝著地。

可怕的嘶吼聲追上來了。

回頭一看，有黑色東西來自比黑暗更漆黑的黑暗彼方。

心臟撲通撲通跳動。

招來死亡的雷電將至。帶來死亡的災禍將至。
散播污穢的嚴靈將至。
可怕的妖魔將至——。

「唔——……！」
就在她猛然張開眼睛的瞬間，有雷電落在某處。
地面的震動透過墊褥貫穿背部。
雷電將至。嚴靈將至。招來死亡的妖魔、散播污穢的妖魔將至。
死亡即將充斥。充斥各個角落，在人間蔓延。
疾病纏身的人，將一一被俘。
倏子會比任何人都早一步被妖魔強行帶走。然後，她所愛的人，會一個一個被妖魔攻擊、被黑暗吞噬，最後慘叫著消失不見。
藤花只能眼睜睜看著那一切。
「嗚……」

掩面哭泣的藤花，淚水沿著臉頰滑落。

我好害怕。救救我。我不知道該怎麼辦才好。拜託，誰來救救我。

就在這一剎那。

「藤花——」

夾雜在雨聲裡響起的聲音，躍進了藤花耳裡，而且清楚到不可思議。

隔著竹簾往侍女房裡瞧的昌浩，咬住了嘴唇。

從這裡都看得出來，屋內繚繞著濃密的陰氣。

恐怕不只是侍女房，而是整個宮殿都布滿了陰氣。

睡在這種地方，應該會作把人逼瘋也不奇怪的惡夢。

響起衣服的摩擦聲。昌浩聽見痛苦急促的呼吸聲和拖著重物般的聲音，逐漸靠近竹簾。

「昌……浩……」

嘶啞的聲音因哭泣而顫動，聽起來好無助。

「藤花，沒事了。」

為了讓她安心，昌浩呼喚她的名字。

突然，搖晃的竹簾前出現白皙的手。那後面是沾滿淚水、消瘦的白皙臉龐，以及充滿悲哀和痛苦的淚光閃閃的無力眼眸。

昌浩倒抽了一口氣，心想都虛弱成這樣了，為什麼不叫我來？

「公主殿下……」

把手貼放在竹簾上的藤花，只說到這裡就開始低聲啜泣了。

「放心……」

昌浩隔著竹簾把自己的手與藤花的手疊在一起，又重複說了一次。

「放心，爺爺來了，還有我在，所以不要再哭了。」

雨聲淅瀝。雷鳴轟隆。雨打在水面上，不斷濺起飛沫。

然而，昌浩的聲音並沒有被任何聲音掩蓋，傳入了藤花耳裡。

藤花打著哆嗦抬起頭，撲簌簌的淚水沾濕臉頰，她試著張開顫抖的嘴唇。

「……、……」

但是，她嚥下了已經到嘴邊的話。

死亡迫近。會被死亡包圍。

倏子會被妖魔強行帶走。然後，她所愛的人會一個一個被妖魔攻擊、被黑暗吞噬，最後慘叫著消失不見。

當中，也有她最不想失去的人。

藤花凝視著竹簾前的昌浩。

「……」

她的願望是跟他一起生活，她的希望是跟他在一起。

但是，為了保住所愛的人的生命，她把願望、希望都拋在夢的彼方了。

她有預感。

如果竹簾前這個人迎向嚴靈，就永遠不會再回來了。

不能一起生活也沒關係，只要他活著就好，這樣自己也能活著。

啊，可是——

「……」

藤花咬住嘴唇。

希望他不要走是她真正的心聲，然而，她還有其他同樣強烈的希望。

死亡將至。死亡將包圍藤花所愛的人們、包圍許許多多的人。

她不想失去他們，絕對不想失去。

「嗚……、……」

淚水模糊了視野。紅色雷光照在昌浩身上，形成了陰影。

在沒有任何燈光的黑暗中，藤花的眼睛雖然看不見，還是知道昌浩是怎麼樣的表情、用什麼樣的眼神望著自己。

吹起更強勁的風，藤花為了閃躲從柱子與竹簾間吹進來的雨滴，不由得把臉撇開。

有樣東西閃過她的視野。

是蓋著布的梳妝箱。

——那塊布料……

「嗚……」

藤花的肩膀大大抖動。

——哪天一定要做成衣服。

淚水滑落，被吸入了膝上的白色單衣。

——不可以回來這裡，要永遠好好地待在那裡。

「啊……」

我不想失去，絕不想失去那顆善良溫柔的心。

藤花拚命壓抑湧上心頭的情感。這時候，她聽到非常溫柔的聲音。

「沒關係……藤花。」

藤花顫動著眼皮，緩緩望向竹簾前方。

在黑暗中，形成了陰影。只能勉強看到模糊的輪廓，沒辦法看得更清楚。

然而，藤花卻清楚看見了昌浩的樣貌。

隔著竹簾與藤花手貼著手的昌浩，露出沉穩的微笑。

「妳想說什麼就說吧，沒關係，我都會聽，我會實現藤花所有的願望、希望。」

昌浩平靜地催促她說：「所以，妳說吧。」

雷鳴轟隆。

昌浩看到宛如珠子般的淚水，從藤花眨也眨不了的眼睛滑落下來。

反射紅色光芒的透明淚水，比任何昂貴的珠子都美麗。

「救救……她……」

硬擠出來的聲音，從她顫抖的嘴唇溢出來。

我的願望是──

「救救……公主殿下……」

把她從雷電、從嚴靈、從那些妖魔手中救出來。

我的希望是——

「救救……所有人……」

把所有人從迫近的死亡、從將至的災禍中救出來。

拯救許許多多的人、拯救無數的生命。

「求求你……救救他們……昌浩……！」

昌浩張嘴之前，忽然垂下了頭。

他想起以前也曾經這樣隔著竹簾手貼著手。

——昌浩，你會保護我吧……？

懷念的聲音在耳邊繚繞，昌浩瞇起眼睛，淡然一笑。

「知道了……」

在菅生鄉，從夢見陰陽師那裡知道剩餘的壽命後，他就有預感。

自己的壽命應該會比那樣更短。其實，他非常清楚，自己的壽命會不斷被削減，直到某天再也站不起來。

但是，那天的到來，不是被任何人逼迫，而是自己選擇的道路。

所以，無論面對怎麼樣的未來，他都不會後悔。

我的願望是跟妳一起生活。

我的希望是跟妳在一起。
願望和希望都埋在櫻花裡了。
為的就是實現妳的願望和希望。
「我會救他們……」
我的願望是大家都活著。
「我一定會救他們——」
我的希望是妳活著。
昌浩對竹簾前的人說：
「相信我。」
從他的聲音可以感覺到平靜的覺悟，藤花的嘴唇顫抖起來。
「唔……」
她想呼喊所愛的名字。
然而，怎麼也發不出聲音來。

◆ ◆ ◆

有早晨的氣息。

「──……」

藤花恍惚地張開眼睛。

經過幾次呼吸後，她開始回想。

自己因為發燒暈眩，被催促趕快躺下來。

她的記憶只到自己爬回墊褥躺下來為止。

現在身旁只有獨角鬼在，竹簾前方沒有任何人。

難道是我作了夢？

她用眼神詢問，獨角鬼回說：

「剛才他還在這裡……」

不知不覺中，雨停了。

眨著眼睛的藤花，忽然想到一件事。

今天早上沒有夢見那個不斷、不斷重複的惡夢。

11

晴明在安倍家的對屋，是面對著水池。

昌浩坐在積水已經清除的外廊上，望著水池。

他跟陪在脩子身旁的晴明打過招呼後，自己先回家了。

離開前，把宮裡的陰氣都祓除了。

昌浩用的不是他的靈力，而是勾玉裡的道反大神的神通力量。看到比想像中更強大的波動，瞬間掃蕩了宮中陰氣的景象，讓他甚至湧現某種感動。

這樣多少能讓晴明輕鬆一些，也能暫時阻斷讓宮裡的人飽受折磨的惡夢。

他的視線從水池移到南側的庭院。

雨也毫不留情地下在有結界覆蓋的安倍家宅院。

籠罩整座宅院的天空的結界，可以阻擋邪惡的東西進入。但是，雨是自然現象，很難完全阻擋。

早上才停止的雨，在全京城形成了污穢的水濱，安倍家的庭院也難逃其害。

眼前的水池充斥著污穢。

昌浩眨眨眼睛。

怎麼想都覺得，很難憑自己一個人的力量解決這件事，即使靠勾玉裡的道反大神的力量也很難。

「喂——」

聽到背後的低吼聲，昌浩的眼皮震顫起來。

他回過頭，看到豎起眉毛的小怪叉開雙腿站在那裡。旁邊還有合抱雙臂的勾陣，以及藏在勾陣背後滿臉嚴肅的太陰。

「……」

昌浩默默搔著太陽穴附近，心想八成是他趁他們不在時溜出安倍家的事，被他們發現了。

可是，怎麼會被發現呢？是勾陣解開了他這個單純的疑問。

「我們回來這裡之前，去了一趟竹三条宮。」

「在充滿污穢的京城裡，竟然有那麼清靜的空氣，我們當然會覺得奇怪。」

昌浩只能對低吼的小怪聳聳肩。

瞬間，小怪的太陽穴明顯浮現青筋。
「你這小子……！」
低沉恐怖的嘶吼彷彿刺向心坎，昌浩的眼神不由得飄忽起來。
他非常能理解小怪、紅蓮的心情。或許，他們會說他根本不理解，但是，連這一點他也能理解。
「勾陣、太陰……」
神將們默然以眼神回應。
「我想跟小怪單獨談談，可以嗎？」
勾陣的表情不動如山，但是，太陰的表情明顯閃過不安。
太陰開口想說什麼，被勾陣制止了。
「我們會待在異界。騰蛇，說完就叫我們。」
看到小怪甩一下白色尾巴當作回應，兩人就隱形了，神氣倏地消失不見。
怒氣沖沖地站在昌浩身旁的小怪，眼睛閃過厲光。
「昌浩，你給我好好聽著。」
「很久以前，你也曾對我大發脾氣吧？」
打斷小怪的話，轉而提起往事的昌浩，注視著被風吹起漣漪的水面。

追著他的視線望向水面的小怪，想起他所說的很久以前是什麼時候，猛然倒抽一口氣。

那是五年前的冬天。

「……」

小怪察覺自己不由得顫抖起來。

它知道昌浩要說什麼。它知道不能聽，也不想聽，卻還是聽了。

「昌浩，我……」

「她哭了——」

昌浩注視著水面，平靜地說。

小怪張大了眼睛。他說她哭了。誰哭了——不用問也知道。

能刺激昌浩的人，向來只有一個。

「她作了惡夢，被逼入絕境，害怕得發抖，一直哭一直哭，很痛苦……」

昌浩震顫著眼皮，終於把視線轉移到小怪身上。

「我不想再看到她痛苦的樣子。」

他的語氣非常平靜、非常淡然。

似乎在宣示誰也不能顛覆的覺悟。

向小怪、向紅蓮宣示。
跟那時候一樣。
「我要救公主殿下，不管她的魂虫在哪裡，我絕對會找回來，我一定要救她。」
不為別人，只為了那個女孩。
為了讓她活著、幸福地活著。
為了讓她不會受到任何威脅、不會再心痛。
「所以……」
「你……」
小怪緊緊咬住嘴唇，在內心說拜託你，別再說了。
拜託你——昌浩。
「所以，紅蓮，請協助我。」
「——……」
小怪、紅蓮無法回答。
它清楚這樣的眼眸、清楚這樣的覺悟。
它知道那是無論任何人怎麼抗議、怎麼阻止、怎麼哭訴、怎麼懇求，也絕不能顛覆的意志。

即使靠武力強行制止，恐怕不等壽命結束，他的心就先死了。
它知道結果會怎麼樣，卻已無法阻止。
「……」
小怪閉上眼睛仰天長嘆。
天空烏雲密布，陰氣不斷增強。一度停下來的雨，不久後又會開始下吧？
人類為什麼能做到這種程度？
把身為神將的自己的心，無以復加地狠狠擊潰，再撕裂成碎片。
然後，展現出彌補那些傷痛還綽綽有餘的溫情與不屈不撓的堅強。
「……」
在可怕的沉默中，昌浩耐著性子等待回答。
半晌後，小怪抬起眼皮，用無風無浪的大海般的平靜眼眸望著昌浩。
「既然你這麼說，就沒辦法了。」
昌浩回望壓抑著狂亂激情回答的小怪，呼地鬆了一口氣。
他知道自己說了多麼過分的話。
也相信無論自己說的話多麼過分，小怪、紅蓮都會給自己這樣的答案。
污穢的水濱掀起漣漪。

當時，昌浩和紅蓮也是站在水邊。
昌浩才十三歲，身高比現在矮很多。
能做的事很少，但是，他總是在那當中奮力掙扎。
那之後過了好幾年，昌浩卻還是在奮力掙扎。
而小怪、紅蓮也一樣。
無論昌浩選擇怎麼樣的道路，它都會陪在他身旁協助他。
不同之處，唯獨當時是紅蓮俯視著昌浩，現在是昌浩俯視著小怪。
「謝謝你，小怪……」
小怪瞪大眼睛低囔：
「不用謝我，我還沒原諒你。」
「嗯。」
想到這一定也是他的真心話，昌浩突然很想哭。
可以叫藤花放心了，是因為自己絕非單打獨鬥。
所以，無論前面有什麼等著他，他都可以勇往直前。

昌浩甩甩頭，改變話題。

「對了，愛宕怎麼樣了？」

「啊，對了……」

小怪才剛開口，就有東西掉進水池另一頭的樹叢裡。

「！」

昌浩嚇得彈跳起來。

小怪先衝出去，保持警戒鑽進樹叢裡。

「小怪，是什麼……」

追上小怪的昌浩啞然失言。

「這個人是……」

夕陽色的眼眸閃過厲光。

「伊勢的……益荒……？」

小怪說得沒錯，他的確是服侍玉依公主的神使益荒。

昌浩抱起益荒。

「益荒、益荒，你怎麼了？發生了什麼事……！」

突然出現的伊勢神使，遍體鱗傷，閉著眼睛，蒼白的肌膚完全感覺不到生氣。

搖晃他好幾次，他才動了嘴巴。

「齋……齋……小……姐……」

「咦？」

「你說什麼？」

昌浩和小怪蹙起眉頭。

「齋怎麼了……」

忽然，昌浩的心臟狂跳起來。

「唔——……」

智鋪眾的策劃，布下了層層天羅地網。

難道是……

倒抽一口氣的昌浩，覺得心跳聲又在胸口深處沉沉響起。

雷鳴在烏雲的彼方迴盪。

古老的咒語已經迫在眉睫。

引用文獻

《古事記》第八十一刷　倉野憲司校對（岩波書局）
《日本書記（一）》第二十四刷　坂本太郎、家永三郎、井上光貞、大野普　校注（岩波書局）

後記

為大家獻上《少年陰陽師》嚴靈篇第三集。

這一集終於可以寫到昌浩與藤花的場景，感慨特別深。與窮奇篇的那個場景對照著看，也是一種樂趣。

進入嚴靈篇後我多次提起，大綱與重要場景都是在十多年前就開始構思，現在可以一一寫入故事裡，簡直就像作夢。

故事整體的結局也已經定案，就剩寫出來了……但是，有時也會想要寫到那裡還很久呢……想到兩眼發直。每個出場人物，都有很多故事要寫呢。他們都是意志堅強的烈馬，要跟上他們就很不容易了。

其中，尤其難以控制的冥府官吏又名小野篁的故事《篁破幻草子》，與吸血鬼傳說《怪物血族》的電子書籍合本版，最近要上架了。

應該會在十月上旬依序上架。已經完結的作品，很難陳列在書店門市，而且出版社大多沒有庫存，所以，想看的人麻煩請購買電子版。

話說，今年是十五週年了，責編當然會提出無理的要求。

S濱：「要不要來做以前從沒做過的事？例如兩個月連續刊行！」
光流：「以前已經做過三個月連續（實質上是四個月連續）刊行……」
S：「呵，一樣是連續，但我說的是只在索取即送和隨書封入才會發表的那個。」
光：「什麼……難道要出版那個……?!」
S：「呵呵呵，是的，時機終於到了！」
所以，為了因應讀者們長年來的殷切期盼，《少年陰陽師 現代篇》將在下個月出版，不再限定索取即送，可以像平時一樣購買了。
我經常接到讀者來信說「我要去京都，請建議觀光景點」，這次在書裡會寫到很多祥和、令人莞爾的事，沉重感動的事，以及可以說是回答讀者來信的事。所以，想買的人請到書店預約。
另外，角川文庫出版的《吉祥寺所有怪事承包處》第一、二集，正在熱銷販賣中。兩本都有收錄文庫新創作的短文。第三集也會有新的文章，在二〇一八年二月出版。
以現代為舞台的園丁陰陽師物語，也請務必購入。
那麼，期待在《少年陰陽師 現代篇 似遠還近》再見了。

結城光流

國家圖書館出版品預行編目資料

少年陰陽師．伍拾叁，戀慕之濱 / 結城光流著；涂愫芸譯．-- 初版．-- 臺北市：皇冠，2021.07
面；　公分．--（皇冠叢書；第 4956 種）(少年陰陽師；53)
譯自：少年陰陽師 53：けがれの汀で恋い慕え

ISBN 978-957-33-3746-1（平裝）

861.57　　　110009007

皇冠叢書第 4956 種
少年陰陽師 53

少年陰陽師——
戀慕之濱

少年陰陽師 53
けがれの汀で恋い慕え

SHONEN ONMYOJI Vol.53 KEGARE NO MIGIWA DE KOI SHITAE
©Mitsuru Yuki 2017
First published in Japan in 2017 by KADOKAWA CORPORATION, Tokyo. Complex Chinese translation rights arranged with KADOKAWA CORPORATION , Tokyo through TOHAN CORPORATION, Tokyo.
Complex Chinese Characters © 2021 by Crown Publishing Company, Ltd.

作　　者—結城光流
譯　　者—涂愫芸
發 行 人—平雲
出版發行—皇冠文化出版有限公司
台北市敦化北路 120 巷 50 號
電話◎ 02-27168888
郵撥帳號◎ 15261516 號
皇冠出版社（香港）有限公司
香港銅鑼灣道 180 號百樂商業中心
19 字樓 1903 室
電話◎ 2529-1778　傳真◎ 2527-0904
總 編 輯—許婷婷
責任編輯—張懿祥
美術設計— FE 設計工作室
著作完成日期— 2017 年
初版一刷日期— 2021 年 7 月

法律顧問—王惠光律師
有著作權 · 翻印必究
如有破損或裝訂錯誤，請寄回本社更換
讀者服務傳真專線◎ 02-27150507
電腦編號◎ 501053
ISBN ◎ 978-957-33-3746-1
Printed in Taiwan
本書定價◎新台幣 280 元 / 港幣 93 元

• 陰陽寮中文官網：www.crown.com.tw/shounenonmyouji
• 皇冠讀樂網：www.crown.com.tw
• 皇冠 Facebook：www.facebook.com/crownbook
• 皇冠 Instagram：www.instagram.com/crownbook1954
• 小王子的編輯夢：crownbook.pixnet.net/blog